La abuela que cruzó el mundo en una bicicleta

Check Out Receipt

Coyote Branch
623-349-6300

Wednesday, October 16, 2019 12:10:56 PM
80352

Item: 30623001890212
Title: La abuela que cruzo el mundo en una bicic
leta
Call no.: SP F ROD
Due: 10/30/2019   *entregar. oct. 30*

Total items: 1

Coyote Hours of Operation:
    Mon, Wed: 11-7
    Tue, Thu, Fri: 10-6
    Sat: 9-4
    Sun: CLOSED

Download the Falcon Digital Library App!
Just search "Buckeye Library" on the App
Store or Google Play Store.

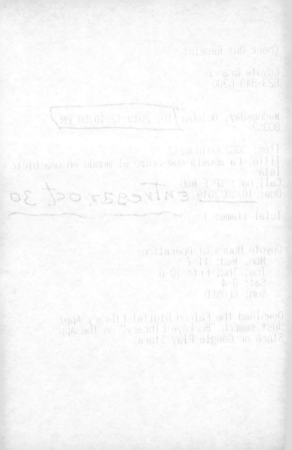

Gabri Ródenas

La abuela que cruzó el mundo en una bicicleta

URANO
Argentina – Chile – Colombia – España
Estados Unidos – México – Perú – Uruguay

Ilustraciones de interior: Adri Ródenas

Copyright © 2018 *by* Gabriel Ródenas Cantero
All Rights Reserved
© 2018 *by* Ediciones Urano, S.A.U.
Plaza de los Reyes Magos 8, piso 1.º C y D – 28007 Madrid
www.edicionesurano.com

ISBN: 978-84-16720-39-2
E-ISBN: 978-84-17312-40-4
Depósito legal: B-21.136-2018

Fotocomposición: Ediciones Urano, S.A.U.
Impreso por: Rodesa, S.A. – Polígono Industrial San Miguel
Parcelas E7-E8 – 31132 Villatuerta (Navarra)

Impreso en España – *Printed in Spain*

Para esas personas de todas las edades que aunque hayan tenido una infancia feliz, que piensen que su vida es plena, que tal vez carezcan de traumas, o que —por fortuna— no hayan atravesado enfermedades terribles, tienen sin embargo, a veces, de tarde en tarde o de noche en noche, la sospecha de que algo en sus vidas no funciona como debiera. Para esas personas que sin saber por qué vuelven la vista atrás una y otra vez en busca del origen de su tristeza.

Introducción

Te han engañado. Te han engañado si te han dicho que no debes pagar un precio por los tesoros que estás a punto de recibir. Pero no te asustes: ese precio es insignificante en comparación con la grandeza de los dones que obtendrás.

La vida es juguetona y muy sabia, y sabe que solo debe conceder sus preciosos regalos a las personas que son capaces de valorarlos.

Por ello las pone a prueba.

No debes preocuparte, pues esas pruebas son más bien juegos.

En primer lugar, quiero que sepas que si has llegado hasta aquí ya has superado la más importante. Como irás descubriendo a lo largo de estas páginas, el azar no existe y no es ninguna casualidad que este libro esté entre tus manos.

Por eso te pido, ya que has dado el paso más decisivo, que no abandones.

Este viaje te ayudará a verte a ti mismo o a ti misma tal y como eres en realidad. Te guiará a través de tu propia alma en un proceso de descubrimiento y sanación. Te permitirá ver el mundo que te rodea desde una perspectiva más profunda y compasiva. Te permitirá ver el mundo tal como es en realidad. Y esa nueva visión jamás te abandonará.

Estos son solo algunos de los tesoros que encontrarás a lo largo de este trayecto. ¿No pensarías que te los iba a desvelar todos ahora mismo, ¿verdad? Eso impediría que tú los descubrieses, privándote de un enorme placer, así como de la satisfacción de hacerlo por tus propios medios.

Estás a punto de embarcarte en un viaje transformador, pero debes pagar un pequeño precio, debes ofrecer una garantía de que estás dispuesto o dispuesta a comprometerte.

¿Y de qué precio se trata?

Necesitas superar el umbral de los dos primeros capítulos. En realidad, la puerta de acceso al gran viaje que te aguarda se encuentra casi al final del tercer capítulo, y, como bien sabes, todo gran viaje necesita una serie de preparativos. Por ejemplo, necesitas saber por qué quieres hacerlo, hasta qué punto tu corazón está dispuesto a abandonar sus viejos esquemas para abrazar los nuevos; necesitas asumir que al principio las cosas te resultarán un tanto desconcertantes y alejadas de la lógica ordinaria.

Poco a poco entenderás que lo que hasta hoy habías considerado «extraordinario» es en realidad lo natural.

Pero créeme: no va a sucederte nada malo. Todo lo contrario. Tu corazón siempre ha sabido lo que necesitaba y el camino que debía seguir, aunque tú no le estuvieras prestando atención. Ahora aprenderás a hacerlo.

Conforme vayas avanzando comprenderás las razones por las que, con independencia de si has tenido una infancia feliz o no, algún trauma significativo o no, si crees que tu vida es lo que siempre habías soñado o no, de vez en cuando tienes esa extraña sensación de malestar y miras hacia atrás añorando esas largas tardes de verano en las que todo era nuevo, en las que no existía la preocupación y en las que pensabas en cómo sería tu vida (una vida llena de oportunidades y aventuras).

Es mi deseo que puedas regresar a ese instante, que puedas vivir aquellas aventuras y experimentar de nuevo aquellas sensaciones sin necesidad de abandonar todo lo que has logrado.

Para ello solo tienes que responder a la siguiente pregunta:

¿Te atreves a montar en esta bicicleta?

1

El pasado es una estrella que se apagó hace mucho tiempo

—¡Sucia! —gritaba uno de ellos mientras le propinaba otra patada en los riñones.

—¡Apestosa! —decía otro.

Y ellos la maltrataban porque sabían que también ellos eran sucios y apestosos. Y pobres. Pero ella era huérfana y ellos no.

La niña, acurrucada en el suelo, se protegía de los golpes cubriéndose la cabeza con unos bracitos menudos y delgados. Llevaba el vestido sucio y las lágrimas se abrían paso a través del polvo de su cara como un rastro de ácido fórmico. Lágrimas secas y resignadas. Lágrimas de niña salvaje.

—¡Tienes que darnos esos pesos! ¡Te hemos visto esconderlos! —gritó un tercero, más pequeño, más cobarde, más alejado del resto, y cuyo propósito era envalentonar todavía más a los otros en lugar de tomar la iniciativa y robarle el dinero a la pequeña.

—¡No tengo nada! —respondió ella con voz aguda.

Uno de ellos, un muchacho pálido que no pasaría de los once años, con un pelo rojizo tan tupido y bufado como el de un gato macho, sorbió unos espesos mocos verdes que asomaban por su nariz antes de agacharse a buscar el dinero. La niña trataba de revolcarse de un lado para otro y él, sin ningún pudor, intentaba llegar a los bolsillos del vestido o separar las manos de la chica. El segundo chaval, negruzco, delgado y que vestía pantalones cortos color marrón, se sumó al forcejeo.

Finalmente, tras titubear varias veces, el chico cobarde se atrevió a sujetarle los talones. Para entonces, los otros dos ya habían logrado vencer la resistencia de la pequeña y la habían forzado a abrir las manos.

La niña todavía apretaba los ojos y la boca mientras los chavales miraban con gran decepción lo que estaban a punto de arrebatarle a la desdichada. Con una mano se frotó la nariz, mientras su cuerpo experimentaba suaves temblores y extendía el otro brazo con la palma de la mano abierta, exhibiendo su tesoro antes de que los tres abusones lo hicieran desaparecer.

—Eres tonta —dijo el chico cobarde—. ¿Por qué no nos lo diste antes? Al final nos has hecho enfadar…

—Os dije que no tenía nada.

—Te vimos esconder el dinero —repitió como un idiota el pelirrojo.

—No tengo dinero…

—Vámonos —dijo el moreno cogiendo de un golpe lo que la niña todavía sostenía. ¿Qué pesos iba a llevar encima esa pordiosera?

Desde el suelo los vio alejarse, discutiendo sobre el reparto del botín: un pulverizado alfajor diminuto, hecho con hojarascas enanas, que una señora le había regalado por lástima.

Aunque de eso debía hacer más de ochenta y cinco años.

* * *

Sus piernas huesudas encadenaban una pedalada con otra, a ritmo lento pero con una cadencia constante. Sus calcetas se habían ensanchado —o sus carnes menguado— y amenazaban con desprenderse a cada movimiento, aunque no llegaban a hacerlo.

Dos hombres de mediana edad la saludaron desde la orilla del camino cuando ella pasó. Les devolvió el saludo con un gesto de cabeza y una sonrisa.

Seguía conservando la mayor parte de sus dientes, y su pelo, si bien canoso, era fuerte y abundante. Lo llevaba al viento, mas permanecía firme y compacto.

Detuvo la bicicleta y la acercó hacia un poste sin bajarse, con un movimiento que recordaba al de los pingüinos. Cerca, en cuclillas y con las ropas manchadas, un niño y una niña jugaban con la tierra y un palo. La anciana los miró con ternura.

—Eh, niños, ¿quieren un dulce? —Los ojos de los chicos se abrieron al máximo—. Acá tengo un alfajor para cada uno de ustedes.

Los niños dejaron lo que estaban haciendo y corrieron hacia la mujer. Ella sacó dos golosinas de una especie de delantal que cubría su vestido y se las dio. El niño tenía el pelo rojizo y un poco de moco verde se le había secado entre el labio y la nariz. La vieja le revolvió el pelo con una mano acartonada y sonrió. Los niños devoraron los dulces con avidez.

—¡Eh! —exclamó la anciana—. ¿Qué se dice?

—¡Muchas gracias, doña Maru!

—Así me gusta. Nunca pierdan las buenas maneras.

Los pequeños regresaron a sus quehaceres y la anciana inhaló con fuerza. Piernas fuertes pero cansadas. Sus noventa años comenzaban a pesar, por mucho que ella continuase recorriendo sus treinta kilómetros al día pedaleando.

Mientras apoyaba una mano sobre su rodilla utilizaba la otra de visera. El sol ofrecía una tonalidad anaranjada. Entre él y el suelo parduzco, una delgada línea azul como el mar.

El cielo.

Doña Maru suspiró y se encaminó hacia la puerta del orfanato.

Oaxaca. ¿Cuántos años llevaba ya allí?

Toda otra vida.

Doña Maru empujó la puerta de entrada. Allí no había rejas ni alambradas que impidieran la entrada o salida. Era poco más que una casa grande. Saludó a la conserje.

—Buenos días, doña Maru. ¿Qué tal se encuentra hoy?

—Con noventa años cargados a las espaldas y aferrados a mis piernas —respondió ella con voz suave, una voz que se rompía por momentos debido al paso del tiempo. Una voz que apaciguaba a las fieras y a los seres humanos.

—¿Cómo está usted? —Un niño cruzó el pasillo—. *Quiubo* —le saludó.

—*Quiubo*, doña Maru.

—Ahora les veo.

El niño se despidió con un gesto de la mano. Doña Maru volvió a mirar a la conserje.

—¿Cómo está? —decía su mirada.

—Nada nuevo bajo el sol —la conserje acompañó su respuesta de una sonrisa amable.

—Nada nuevo, ¿verdad? —Doña Maru dio dos golpecitos sobre el mostrador con el dedo medio—. Veamos si los niños piensan lo mismo.

Arrastró sus pies hacia una de las aulas. Solo a lomos de su bicicleta era capaz de olvidarse de la vejez. Mientras pedaleaba, sus piernas volvían a tener veinte años. Justo la edad que tenía cuando llegó a Oaxaca.

Los había de todas las edades y estaban organizados por capacidades e intereses. Todos la saludaron al entrar. La profesora se puso en pie y se dirigió hacia ella para recibirla e invitarla a tomar asiento.

—Hoy les he traído unos alfajores chilenos, que no son iguales que los que ustedes tienen aquí.

La satisfacción se advertía en los rostros de los pequeños. Algunos comenzaron a moverse de manera contenida en sus sillas, deslizando el culo de un lado para otro. Maru sacó una bolsa con veinte alfajores pequeños del bolsillo de su delantal.

—Están rellenos de dulce de leche. ¿Les gusta?

Muchos de los niños ni siquiera lo habían probado, pero todos sin excepción asintieron. Alargaron las manos con orden. Sabían que había para todos. Doña Maru contemplaba cómo devoraban con placer aquellas minúsculas golosinas. Los había glotones que los engullían de un bocado y delicados que los mordisqueaban con cuidado. Igual que en el resto de aspectos de la vida.

Ver a los pequeños disfrutar a su manera le recordó la historia del alfajor. De su primer alfajor.

Caía la nieve y llegaba la noche. Había perdido su alfajor. Ella misma se había perdido aquella tarde durante el paseo por el centro del pueblo que las monjas habían organizado. A veces salían a vender dulces o a pedir donativos y permitían que algunos niños las acompañasen. Maru se despistó contemplando un escaparate de una panadería y perdió de vista al grupo. Vagó por las calles. Una señora le dio un alfajor al verla tan sola y con ese aspecto tan desvalido. Ella no dijo que se había perdido. Tan pronto como la señora hubo desaparecido, los tres gamberros se abalanzaron sobre ella tratando de robarle su tesoro. La habían visto con las monjas y sabían que sus padres no estarían cerca para defenderla. Entre otras cosas, porque no tenía padres. Por eso iba con las monjas del orfanato. Ellos lo sabían. Otra niña cualquiera se lo habría dado sin rechistar, pero no Maru. A sus cinco años ya poseía un carácter salvaje. Era lo único que tenía. Y ahora también tenía un dulce, y esos abusones se lo iban a robar. La habían visto con las monjas. Sabían que era huérfana. No se lo iba a poner fácil. Se lo quitaron. Deambuló. La hermana María Soledad la cogió de las orejas. Después se serenó. Se agachó para ponerse a su altura mientras la agarraba de los brazos, casi a la altura del hombro. La observó con detenimiento.

—¿Dónde te habías metido?

—Me perdí.

—¡Es la última vez que vienes con nosotras! —la hermana María Soledad estaba nerviosa y preocupada, por eso decía esas cosas—. ¿Por qué llevas la cara tan sucia? —La niña no respondió—. Vamos, vaya susto nos has dado.

La monja cogió a la pequeña de la mano y se la llevó. Era una buena mujer.

Caía la nieve y llegaba la noche, y Maru miraba a través de las ventanas del dormitorio. Las monjas castigaban a los desobedientes que se levantaban de la cama en mitad de la noche. Pero Maru había desatendido todas las órdenes y las amenazas y miraba por la única ventana de la estancia. Descorrió la fina cortina con suavidad y observó el exterior. Allí fuera había escaparates que exhibían objetos bonitos, señoras que te ofrecían dulces, y también niños que querían robártelos. Era mucho más divertido que el orfanato.

Años después, doña Maru recordaría con cariño el orfanato y el pueblo donde vivió durante aquellos años —nunca supo dónde nació con exactitud, aunque sí que en algún lugar de Chile—, y una sonrisa se dibujaría en su cara al recordar su aventura infantil.

Perdida en un laberinto formado por dos diminutas calles. Pero las cosas se ven de otra manera a través de los ojos de una niña de cinco años.

Casi ochenta y cinco años después, en un orfelinato de Oaxaca, los pequeños huérfanos apuraban la golosina ante la mirada amable de una anciana doña Maru.

Zozobra. Risas. Migas (pocas). El silencio de una bolsa de tela vacía. Mellas. Sol. Mesas color verde manzana. Amor.

Cuando doña Maru era pequeña —sí, también ella fue una niña— le dijeron que la habían dejado en la puerta del hospicio infantil a los dos años. Solo había una nota sobre la manta que la cubría dentro de la cesta que decía: Maru, Chile, y su fecha de nacimiento. Las adopciones no estaban tan normalizadas en 1939 y a los pocos interesados la niña no les atraía. Era muy delgada y nerviosa.

A los tres años ya presentaba un acentuado carácter indómito.

A los doce se escapó en busca de los escaparates bonitos, los alfajores, los pandilleros, la vida. La libertad. Vagó por los caminos y durmió a la intemperie.

Gracias a la extremada rapidez de sus piernas logró zafarse de algún indeseable. Robaba para alimentarse y se aseaba en los ríos. Después de todo, la vida no le parecía tan mala.

Llegó a Santiago antes de cumplir los trece. El terremoto todavía no había tenido lugar.

Allí sí había escaparates con cosas preciosas. Y gente. Anduvo sin rumbo por las calles. Llevaba el pelo y el vestido sucios. Tenía hambre. Siempre tenía hambre.

En la puerta de una panadería había un cesto con panecillos recién hechos. Todavía podía verse el humo saliendo de su interior. El olor inundaba toda la esquina. No se lo pensó dos veces y cogió un par. Echó a correr. Lo que menos le gustaba de la vida nómada era el frío.

Se resguardó en un portal mientras comía con fruición las pequeñas bolas de harina cocida. Imaginó que el cielo debía de saber así.

Al otro lado de la calle había un lujoso hotel que contrastaba enormemente con la pobreza del portal y el resto de la casa. En la terraza había un matrimonio que vestía ropas elegantes. La señora llevaba un discreto traje azul marino. La falda le cubría la parte baja de las rodillas. Una pequeña flor blanca decoraba el ojal de la solapa de la chaqueta. El caballero lucía un espeso bigote negro bien cuidado y llevaba un traje blanco y sombrero color crema. Sus miradas se cruzaron y el hombre, después de rascarse el bigote, le comentó algo al oído a su esposa. Ella miró a la niña, asintió, y el señor del traje blanco se puso en pie y se dispuso a cruzar la calle.

Maru miraba con atención, pero sin moverse. Introdujo la última bolita en su boca justo antes de que el caballero llegase donde ella estaba y la saludase.

Aquel hombre se llamaba don Humberto y su mujer doña María Fernanda. Eran mexicanos y estaban en Santiago en viaje de negocios. Pronto regresarían a Ciudad de México y necesitaban a otra chica que sustituyese a una de sus asistentas, a la más vieja, a la señora Elisa (la llamaban así aunque no estuviera bien dicho, pero todos la llamaban de ese modo). Al mirar sus ropajes y los de ella, Maru sospechó que el matrimonio se había enternecido al verla de ese modo, tan desvalida y delgada.

Como no tenía nada que perder y sabía perfectamente que, de seguir así, tarde o temprano algo malo le sucedería, aceptó su oferta.

Llegaron a México tres meses después, tras atracar en varios puertos como Perú y Colombia. En ocasiones se desplazaban en tren e incluso en carruaje y pernoctaban varios días en el mismo lugar, donde don Humberto tenía que encargarse de algunos negocios.

Maru dedujo que en parte la habían llevado consigo para que hiciese compañía a doña María Fernanda, la cual solía mostrar una cierta propensión a la melancolía y se pasaba muchas horas observando a través de la ventana de la habitación con la mirada ausente.

Meses más tarde, Maru se enteraría del motivo de su tristeza. Una compañera del servicio se lo contó.

Doña María Fernanda, había tratado de quedarse embarazada durante muchos años. Finalmente lo logró pero perdió al bebé antes de que este naciera. Estuvo a punto de morir. Se salvó, pero los médicos le dijeron que ya no podría tener hijos. Desde entonces la tristeza se había apoderado de ella.

Tal vez por ello, pensó la niña, porque no podían tener hijos, una noche, el que pareciera un señor tan respetable, después de haber estado bebiendo demasiado, se introdujo en su habitación y le hizo el gesto de que guardase silencio. Ella supo lo que iba a suceder, pero no gritó. Apretó los ojos y la boca como cuando aquellos niños le robaron su primer alfajor. Una lágrima silenciosa se deslizó por su mejilla.

Permaneció quieta mientras el señor huía como una bestia herida y lloró el resto de la noche.

Al día siguiente lavó las sábanas, haciendo desaparecer unas gotas color carmesí. Las puso a tender y, sin saludar ni despedirse de nadie, abandonó la casa. Todavía no había cumplido los catorce.

Estaba embarazada.

2

La luz de esa estrella es tan solo una ilusión

Únicamente tiene el poder que tú quieras concederle.

Doña Maru había acabado en Oaxaca después de un largo periplo que la había llevado de Ciudad de México —pasando por Puebla, por calles, campos y caminos, a través de su adolescencia y de mil penurias— hasta alcanzar Oaxaca y su madurez.

Su hijo Santiago, al que dio a luz en una habitación mugrienta, ayudada por una cocinera entrada en carnes, y al que llamó así en memoria del lugar donde su vida diese el giro definitivo, la abandonó cuando también tenía trece años —una cifra decisiva en su biografía, según parecía—. No llevaba una buena vida y no mantenía ninguna relación con ella. De hecho, doña Maru ni siquiera sabía dónde vivía.

Recordaba que su hijo siempre había sido malo, y no lo culpaba por ello. Después de todo, ¿qué podría haberle enseñado ella, una niña sola en el mundo?

Una mañana, la anciana preparaba alfajores en el exterior de la cabaña que ella misma construyese con sus manos años atrás. Desde que llegase a Oaxaca, se había ganado la vida vendiendo alfajores por los alrededores, primero recorriendo largas distancias a pie, luego a lomos de su bicicleta. Había aprendido a hacerlos mientras ayudaba a las monjas del orfanato durante su elaboración.

Vio aparecer un coche a lo lejos. Se detuvo al llegar a la casa, dejando atrás una espesa polvareda. Doña Maru hizo una pausa. Se llevó la mano derecha a la frente a modo de visera. Del coche, y con mucho esfuerzo, descendió otra anciana; una vieja amiga de doña Maru. La única que tenía. La mujer que le había regalado la bicicleta años atrás, cuando decidió mudarse con su familia a Ciudad de México para probar suerte.

—¡Julia! —exclamó llena de júbilo al verla.

—Hola, Maru —la saludó su amiga.

Su hijo conducía el coche. A pesar de todos los años que habían pasado, pudo reconocerlo.

—Es Guillermo —dijo Maru para sus adentros—. Cómo ha crecido...

—Ya lo creo, Maru. Ha pasado mucho tiempo. ¡Mira, si nosotras nos hemos hecho viejas!

Las dos estallaron en quebradas carcajadas. Se abrazaron. Guillermo bajó del coche y besó a la chilena.

—¿Cómo se encuentra, doña Maru? Cuánto tiempo.

—Estás hecho todo un hombre.

Un hombre maduro que también tenía su propia familia, pero que había decidido acompañar a su madre en su último largo viaje.

—No sabíamos si seguirías viviendo aquí —dijo doña Julia—. Pero estábamos seguros de que no habrías instalado uno de esos teléfonos tan modernos.

—Qué bien me conoces. —Las dos ancianas volvieron a sonreír.

—Creo que las dejaré solas para que se pongan al día. Yo daré una vuelta por mis recuerdos —dijo Guillermo con gran dulzura.

La madre asintió. Doña Maru la cogió del brazo y la guio hasta una especie de banco de madera que había pegado a la pared de la chabola.

—Me alegro mucho de verte. ¿A qué se debe tu visita? Debe de ser algo importante. El viaje es largo.

Doña Julia vio cómo el coche se alejaba por el camino de tierra. Se percibía una cierta tristeza en su mirada.

—Siempre el mismo sol, ¿verdad? —dijo. Doña Maru asintió en silencio—. Maru, tengo algo que decirte. Es algo importante, sí, por eso he hecho este viaje tan largo.

Doña Maru sintió una punzada en el corazón. Tuvo el presentimiento de lo que iba a escuchar, al igual que supo lo que iba a suceder cuando don Humberto entró en su habitación sesenta y seis años atrás.

—Ya hemos vivido suficiente, querida Julia. Ya nada debemos temer.

—Yo estoy bien, Maru. Vieja, pero bien. No debes preocuparte por mí. —Doña Maru ya lo sabía. En realidad, no se había referido a doña Julia, sino a sí misma—. Es de tu hijo Santiago de quien quería hablarte. Hace unos días supe que acabó viviendo en Ciudad de México... y que había fallecido.

Doña Maru cerró los ojos despacio, sin fuerzas para apretarlos, y permaneció así unos instantes. El sol pegaba con mucha dureza. Doña Julia le cogió el antebrazo y apretó un poco.

—¿Cómo murió? —preguntó finalmente doña Maru.

Doña Julia suspiró antes de responder. Había temido esa pregunta durante todo el trayecto y tenía dudas sobre si ser sincera o no. No obstante, no quería mentir a una vieja amiga.

—Lo encontraron en su casa. Llevaba cuatro días muerto. Maru... Fue su hijo de cuatro años el que salió a pedir ayuda porque su papá llevaba tanto tiempo sin hablar y sin moverse, y empezaba a oler muy mal.

—¿Tenía un hijo? —preguntó doña Maru con voz rota.

—Eso parece. Tienes un nieto.

—¿Y dónde está?

Doña Julia volvió a respirar hondo.

—No lo sé. Me dijeron que hacía ya muchos años de aquello. Unos quince años, más o menos.

En parte, por esa razón doña Maru no había sabido nada de Santiago durante tanto tiempo.

Y aquella fue la razón por la que doña Maru comenzó a acudir al orfanato como voluntaria. No tanto por intentar localizar a su nieto, cuyo nombre y rostro desconocía, sino a fin de honrar su memoria y limpiar los errores *cometidos* por su hijo fallecido. Ayudando a esos niños huérfanos, como ella, como su nieto, era como si, en parte, estuviera ayudando al hijo de su propio hijo, como si pudiera decirle que jamás había dejado de querer a ninguno de los dos —aunque a uno de ellos no lo conociera—, que no pasaba ni un solo día en el que no pensase en ellos, que lo perdonaba —a Santiago—, que los quería —a los dos.

Y así pasaba los días desde entonces, soñando que algún día podría darle un alfajor a su nieto.

Tampoco podía saber aquella mañana, mientras como cada día se disponía a afrontar a lomos de su magullada bicicleta los diez kilómetros que la separaban del orfanato, que algo estaba a punto de conducir el curso de los acontecimientos en otra dirección.

Hacía casi dos meses que doña Julia había regresado a Ciudad de México con su hijo Guillermo y el resto de su familia. Se despidieron entre abrazos, lágrimas y risas, siendo muy conscientes de que jamás volverían a verse. El ciclo de la vida de ambas estaba a punto de tocar a su fin, pero había sido maravilloso compartir algunos hermosos momentos en esta tierra. ¿Para qué estropearlo con lamentos?

* * *

Cuando la abuela llegó al orfanato, la señora Arriaga, la directora del centro y nueva amiga de doña Maru, salió a su encuentro presa de una visible agitación. Conocía la historia de doña Maru, de su hijo y la de su nieto.

—¡Doña Maru, necesito decirle algo con urgencia!

La anciana no pareció mostrarse tan apremiada como la señora Arriaga.

—¡Ay, señora Arriaga, que yo ya no puedo correr! —exclamó la anciana bromeando de un modo un tanto teatral.

—*Ándele* a mi despacho. Tengo muy buenas noticias.

Salvo por alguna fugaz alteración como la que había experimentado días atrás a raíz de la visita de doña Julia y lo que esta le había comunicado, el ánimo de doña Maru ya apenas se modificaba al recibir buenas o malas noticias. En su mente, tales distinciones habían desaparecido, aunque en ocasiones pudiera derramar alguna lágrima.

—Bien, ¿de qué se trata? Cómo le gusta a usted el suspense...

Doña Maru hablaba como si dejase las frases sin terminar, ralentizando las sílabas finales de cada última palabra.

La señora Arriaga la invitó a tomar asiento.

—Han cerrado el orfanato de Santa Lucía del Camino, ¿sabía usted?

—No, señora. —Tenía por costumbre tratar a los demás con respeto, aunque fuesen mucho más jóvenes que ella.

—Están realojando a los niños en otros centros. Nosotros recibiremos algunos. El caso es que también nos remitieron parte de los archivos viejos. Los estuve revisando por curiosidad y entre los demás papeles, allí estaba: el informe sobre Elmer. —La anciana la miró sin comprender—. Su nieto, doña Maru.

—Elmer —susurró.

La anciana se subió las calcetas despacio. La señora Arriaga la contemplaba para calibrar su reacción.

—Cambió de centro en un par de ocasiones hasta que al final lo enviaron al Santa Lucía. —Suspiró—. Al examinar los archivos descubrí un anexo: una anotación que explicaba que el niño había sido localizado vagando por las calles. Se indicaba la dirección del domicilio familiar, en Ciudad de México. Sentí un pálpito, busqué el teléfono de la casa y llamé.

—¿Quién cogió el teléfono? —su voz era temblorosa.

—Una señora. No tenía ni idea de quién era Santiago o el niño, pero me facilitó el contacto del propietario de la vivienda, el arrendador. Lo telefoneé. Al principio dijo no acordarse de nada. No le culpo. Habían pasado muchos años.

—Nadie quiere acordarse de los muertos y mucho menos de los ajenos —dijo doña Maru.

—Le insistí un poco. Le dije que la policía iba a reabrir la investigación sobre un asunto en el que Santiago estaba implicado y que querían saber si había arrendado la vivienda *nomás*. Todavía no sé cómo se lo creyó. «Ah, sí. Ahorita lo recuerdo. Han pasado muchos años y me temo que voy perdiendo la memoria. Santiago, sí. ¡Qué olor dejó en la casa cuando se lo llevaron! Ha pasado mucho tiempo, ya se me había olvidado.» Eso fue lo que me dijo. Se notaba que no quería problemas con las autoridades ni que husmearan en sus asuntos.

Inmediatamente después de haberlo dicho, la señora Arriaga cayó en la cuenta de que no debía haberlo hecho. Recordar el modo en que había muerto Santiago no podía beneficiar a la anciana.

Doña Maru permaneció en silencio. La horrible muerte de su hijo fue el detalle que permitió a doña Arriaga localizar a Elmer, su nieto. De no haber sido por eso, jamás habría tenido ocasión de llegar a saber de él. Incluso en la desgracia era posible encontrar un rayo de esperanza.

—¿Y ya con eso pudo encontrarle? —preguntó.

—No lo he encontrado todavía, pero sé por dónde comenzar la búsqueda. Como no tenía apellido, le pusieron Expósito. Figuraba en el informe. —La anciana miraba con atención y lágrimas en los ojos. Cierto que nunca había registrado a su hijo, razón por la que tuvieron que ponerle el que solía ponérseles a los niños y niñas de padres desconocidos—. Llamé a la persona que se había ocupado del orfanato de Santa Lucía del Camino. Se acordaba de él. Me dijo que se escapó a los trece.

Maru se estremeció. Otra vez la fatídica cifra.

—¿Y dónde está ahora?

—Tampoco lo sé, pero ya tenemos un punto de partida, ¿no le parece?

—Es usted muy amable —dijo doña Maru con cierta resignación.

—Doña Maru —dijo la señora Arriaga cogiéndole las manos—, encontraremos a su nieto.

—Muchas gracias —musitó la anciana.

3

Prepárate para el viaje.
Conviene ir ligeros de equipaje.
Solo necesitarás escuchar tu corazón

Una creencia puede ser reconfortante, pero solo cuando la experimentas llega a ser liberadora.

ECKHART TOLLE

Doña Maru oteaba el horizonte. Los primeros rayos de luz comenzaban a iluminar un cielo anaranjado.

Aquella noche no había podido conciliar el sueño. La pasó pensando en cosas que empezaba a no tener claro si habían sucedido o no. Pensó en su hijo y en el aspecto que tendría su nieto. Esperaba que la luz de la mañana le ofreciera la respuesta que tanto necesitaba.

Sentada en el banco donde conversase con su vieja amiga doña Julia, con la espalda apoyada a la pared, aguardaba pacientemente la solución al dilema.

Por una parte, sabía que la señora Arriaga hablaba de todo corazón cuando decía que le ayudaría a encontrar a su nieto. Tenía claro que era muy mayor para emprender la búsqueda por sí misma. Pero, por otra, era muy consciente de que debía realizar ese viaje en solitario; debía cerrar el círculo. El círculo que era su propia vida.

Después podría marcharse en paz.

—Ya viví a la intemperie hace años, casi siendo una niña —se dijo—. Creo que me gustaría volver a hacerlo.

El único problema era que no sabía por dónde comenzar. Un nombre parecía poca cosa para empezar a buscar, pero no estaba dispuesta a quedarse quieta o a seguir esperando ni un segundo más. Ya llevaba casi un siglo esperando en aquel lugar sin saber muy bien qué.

Ahora lo tenía claro: había estado esperando que llegara ese momento.

Y también confiaba en detectar las señales que la guiasen a lo largo de su camino. Los mismos guías que la habían invitado a permanecer en aquella tierra durante casi toda su vida la animaban ahora a volver al camino, dejando claro que el tiempo es una categoría humana y que, en realidad, no existe un momento prefijado o rígidamente establecido para cada cosa. ¿Cómo iba a saber ella lo que debía acontecer, cómo y cuándo?

En su mano únicamente estaba encomendarse al cielo y dejar que las estrellas que solo brillaban con luz propia, con luz viva, la condujesen.

Ya no era la misma niña que se escapó del orfanato a los trece años. Tampoco la joven que llegó a Oaxaca con un hijo bastardo en los brazos. Ni la mujer que no lamentaba no haberse casado o haber vivido muchas de las experiencias que las personas solían disfrutar; que no anhelaba mayores lujos o comodidades, y para quien su día a día transcurría pautado por el sol y la luna.

Desprovista de toda posesión, idea, juicio o deseo y libre de sentimientos que la turbasen —salvo el recuerdo de Santiago y ahora el deseo de conocer a Elmer—, se había fundido con la luz del sol, con el latido de la tierra, con el canto de los pájaros, con la rueda al girar, con el cielo.

La vida había pasado por delante de ella sin que añorase otra cosa que a su hijo, al cual, hasta la visita de doña Julia, ya solo percibía como un sentimiento más que como una imagen —pues tampoco sabía qué aspecto tenía al final de sus días—. Y es que, al cumplir los cincuenta, los pensamientos en forma de frases o imágenes ya no llegaban a terminarse en su mente: las frases no acababan, las imágenes no adquirían la necesaria nitidez.

Después, sencillamente, dejaron de presentarse.

Doña Maru se convirtió en una constante alternancia de calma y movimiento, sin fisura entre ambos estados, sin intervención de la voluntad.

Pensar, hacer y sentir se convirtieron para ella en una sola cosa. En la misma cosa.

La anciana, empero, no se había transformado en una especie de gallo de madera impasible e inmóvil. Todo lo contrario. En ocasiones tenía dudas, sentimientos desagradables, algún recuerdo turbio, derramaba alguna lágrima o sentía una punzada en el estómago, como le sucedió cuando supo de la muerte de su hijo o de la existencia de Elmer. Pero no lo tomaba como algo personal.

Pensamientos y sentimientos iban y venían y ella no sentía que le pertenecieran. Era como si tales pensamientos y sentimientos la atravesasen mientras se dirigían a otro lugar. Y ella no se molestaba en tratar de retenerlos.

Desde el momento que comprendió, no a través del razonamiento, sino de su propio paso por la tierra, que un día desaparecería —ella y todo lo que había amado o detestado— y que el mundo seguiría girando sin más, sus días habían dejado de estar teñidos de temor o expectativas. Sucediese lo que sucediese, todo estaba bien. Tal era la voluntad de un dios en el cual había dejado de creer mucho tiempo atrás, pero en cuya sabiduría confiaba.

Poco importaba que ella tuviese fe o no. Los designios de ese dios se cumplirían de todos modos. Por eso ella vivía convencida de que el cielo le enviaría señales, como la sensación de tener que permanecer en un lugar o la necesidad de recorrer cientos de kilómetros con noventa años en una bicicleta vieja.

Poco importaba el tiempo que transcurriese entre fase y fase, entre señal y señal: el viaje no terminaba jamás.

Este proceso de silencioso y profundo cambio fue desarrollándose a lo largo de los años, no de un modo premeditado, sino espontáneo, natural, fluido, inconsciente. De hecho, si otra persona se lo hubiera explicado, si alguien le hubiese detallado las diversas fases de su evolución, ella se habría encogido de hombros sin entender gran cosa, habría sonreído y le habría ofrecido un alfajor.

Ahora, con casi un siglo a sus espaldas, la vida le susurraba que debía ponerse en movimiento otra vez, galopar el caballo de viento —encarnado en una vieja bicicleta— y partir en busca de su nieto.

Únicamente necesitaba ojos para ver, oídos para escuchar y un corazón para sentir.

Ya estaba decidido.

Por aquel entonces, doña Maru no sabía hasta qué punto ese viaje iba a cambiarle la vida por completo.

* * *

Pájaros cantaban en algún lugar. La anciana pasó la mano por la manta gruesa que había guardado en la caja de madera que ella misma había fijado al «sillín del copiloto». En la parte delantera había una cestilla de mimbre sujeta a la base del manillar.

Allí guardaba unos cuantos alfajores. La pintura turquesa claro llevaba varios años deteriorándose, pero todavía evocaba el color de antaño.

Doña Maru miró al frente. Solo tenía que pedalear una vez, y luego otra, y luego otra. Y así hasta llegar a su destino, fuera este cual fuera. No pensaba ni en posibles eventualidades —como que la bicicleta se estropease— ni en los peligros que el camino escondía. Su mente estaba repleta de su propósito y no albergaba nada más.

Antes de echar a rodar sin rumbo fijo, decidió comprar algunos víveres.

Como no sabía escribir ni leer ni tampoco quería preocupar a la señora Arriaga, en lugar de escribirle una nota, se pasaría por la tienda del señor Ernesto, compraría lo poco que necesitase y le pediría al señor Ernesto que le dijese a la señora Arriaga que estaría ausente unos días, pero que no se preocupase.

Todas las personas con las que se cruzaba la saludaban al verla pasar pedaleando en su bicicleta. Ella les devolvía el saludo con la mano y una sonrisa.

Pedalear, amar, sonreír. A juicio de doña Maru, lo único que merecía la pena hacer entre el nacimiento y la muerte.

Lo demás venía solo.

—¿Y dónde estará usted, si puedo preguntárselo?

—Claro que puede, señor Ernesto. Voy a ver a mi nieto.

—Vaya, no sabía que tuviera usted uno.

—Pues resulta que sí —dijo ella con una sonrisa—. Y quiero ir a verle.

—¿Y cómo es que no pasa usted misma a despedirse de la señora Arriaga?

—Es que tengo un poco de prisa. Tengo muchas ganas de ver a mi nieto, pues hace mucho que no lo veo.

—¿Prisa usted? —el tendero estuvo a punto de estallar en una carcajada—. ¡Nunca lo habría dicho!

—Sorprendente, ¿verdad?

El hombre le dedicó una mirada cariñosa mientras se apoyaba con los dos brazos sobre el mostrador.

—Ah, pues le deseo buen viaje, doña Maru. Ya nos veremos a su vuelta.

—Claro que sí, señor Ernesto. Que pase usted un feliz día.

—Muchas gracias.

Cuando salió a la calle, la anciana respiró profundamente, con los ojos entrecerrados. Era como si de ese modo acudiese a su mente el camino que debía seguir. Pero, al abrirlos, lo único que encontró fue a tres niños golpeando a un cuarto.

Los atacantes iban bien vestidos. Al menos sus ropas estaban limpias. Por el contrario, el niño que estaba forcejeando en el suelo llevaba una desgastada camiseta de la película *El rey león* que le quedaba un poco pequeña y unos pantalones cortos demasiado ajustados.

Doña Maru advirtió que uno de ellos estaba grabando la agresión con un móvil. Sabía que a veces los chicos hacían esas cosas.

Sin pensárselo dos veces, dejó la bicicleta apoyada en la fachada de la tienda y se acercó a ellos todo lo deprisa que le permitían sus piernas.

—Chicos, ¿qué hacen ustedes? ¿Por qué le están pegando?

—Vieja, no te metas —amenazó el más alto.

—¿Qué modales son esos? ¿Qué forma de dirigirse a una anciana?

—Ese apestoso nos ha robado una cosa —dijo otro.

—¡Es mentira! —chilló el niño que estaba en el suelo— ¡Es mía!

La escena le resultó demasiado familiar a la anciana.

—¿Les parece bien abusar de él así? Ustedes son tres y él uno solo. Además, ¿para qué están grabando con el aparato ese?

—Calla, vieja, ¿o es que quieres hacerte famosa en Internet? Supervieja contra jóvenes... ¿Adivináis quién va a ganar?

—¿No les da vergüenza perder así las formas?

El chico que estaba en el suelo trató de ponerse en pie y escapar aprovechando la coyuntura, pero uno de los abusones le empujó y volvió a derribarle.

—Voy a llamar ahora mismo al señor Ernesto —dijo doña Maru.

—¿Al viejo de la tienda? —preguntó otro desafiante—. Sí, dígale que salga y que de paso nos traiga unos Jarritos...

—¡Eh, venid aquí, a ver si sois tan valientes conmigo!

Los gamberros echaron a correr de inmediato. Doña Maru giró la cabeza hacia el lugar de donde procedía una voz grave, casi atronadora. Un hombre de unos veinticinco años que debía medir más de dos metros de puro músculo se acercó a ellos.

—¿Se encuentra usted bien? —preguntó a doña Maru.

—Claro que sí.

—¿Y tú? —se dirigió al muchacho tendiéndole una mano.

El chico, con claras señales de sentirse humillado, rechazó el ofrecimiento y se levantó por sí mismo. Guardaba algo dentro de un puño apretado.

—¿Qué querían hoy esos cobardes? —le preguntó.

El chico abrió la mano sin decir una palabra y mostró su tesoro al gigante musculoso. Este lo cogió con sumo cuidado y lo miró con detenimiento. Se trataba de una desgastada carta de *Pokémon*. Esbozó una ligera sonrisa, amable y tierna, un tanto extraña en un rostro duro como el suyo. Le revolvió el pelo al muchacho y no dijo nada más. El chaval se alejó corriendo, reprimiendo las lágrimas.

—Muchas gracias por venir en nuestro auxilio —agradeció doña Maru.

—No tiene importancia. La verdad es que es muy triste. Es Víctor, un chico del barrio —dijo refiriéndose al chico de la camiseta de *El rey león*—. Su madre se largó hace tiempo y su padre bebe demasiado. Los demás chicos siempre se están burlando de él. Me recuerda un poco a mí de pequeño —hizo una pausa—. Y ellos también.

—¿A qué se refiere?

—Me crie en un orfanato y los chicos siempre se estaban metiendo conmigo. Después, cuando salí, viendo que mi cuerpo era muy grande y que necesitaba aprender a defenderme, comencé a practicar boxeo. Supongo que por la rabia contenida, por un deseo ciego de venganza o para que los demás me aceptasen, me volví como los que me pegaban. Sí, me volví como ellos. Qué estupidez, ¿no le parece? Todo para acabar dando con otro todavía más fuerte y más bruto que yo. Fue entonces cuando comprendí que la violencia nunca es el camino ni la solución. Pero discúlpeme —se interrumpió a sí mismo—, no quiero aburrirla con mis historias.

Hizo el amago de marcharse, pero doña Maru le sujetó el brazo.

—Hijo, su historia me parece maravillosa. ¿Se ha planteado ayudar a los chicos que están en la situación como la que usted sufrió? El mundo necesita más valientes con cabeza, personas como usted.

—¿Cómo podría hacerlo?

—Vaya usted a visitar a la señora Arriaga, justo en el orfanato que hay aquí al lado. Dígale que va de mi parte. Cuéntele su historia y lo que ha sucedido hoy. Y si ve a Víctor, ese pobre chico, hable con él; dígale que se puede salir de su situación.

Haga que gane confianza en sí mismo. Esa es la única manera de encontrar el amor: dando primero. No importan las circunstancias pasadas. Solo hay que dar. —El gigante la miró con gran atención—. ¿Sabe? Estoy buscando a mi nieto. También él se quedó huérfano. Todavía no lo conozco, ni sé dónde lo encontraré, pero sé que soy yo quien debe dar el primer paso —se sinceró doña Maru.

—¿Puedo preguntarle en qué orfanato creció su nieto?

—En Santa Lucía del Camino.

Los ojos del boxeador se abrieron de par en par.

—¡Yo también! ¿Cómo se llamaba?

Lejos de pensar que se trataba de una coincidencia, doña Maru sonrió. Sabía que la maquinaria acababa de ponerse en marcha, que la rueda había empezado a girar.

—Elmer. Elmer Expósito.

—¡Elmer! ¡Era mi único amigo! Yo era un poco mayor que él, pero... Elmer, un chico estupendo...

—¿Y sabe dónde podría encontrarlo?

El gesto del gigante se ensombreció.

—Lamento no poder ayudarla. Fue hace mucho tiempo. Perdimos el contacto cuando él se marchó. Pero sí recuerdo que antes de escaparse del orfanato... —Se detuvo—. ¿Sabía usted que se había escapado a los trece? —Doña Maru asintió en silencio—. Antes de escaparse me dijo que quería ir a Veracruz. Nunca supe por qué.

—Muchas gracias. Me ha sido de gran ayuda —dijo la anciana con una sonrisa—. Gracias por todo.

Comenzó a dirigirse hacia donde estaba la bicicleta ante la mirada atenta del fornido joven.

—¿Piensa usted hacer el viaje montada en eso?

Doña Maru se secó el sudor de la frente antes de responder.

—Sí. Aunque no lo parezca, tengo unas piernas muy fuertes. Sobre esta bicicleta vuelvo a ser joven.

—Vaya con mucho cuidado. ¿Seguro que no tiene a nadie que la lleve? Yo podría... —La anciana le hizo callar con un gesto de la mano—. Ya sabe la de peligros que hay por ahí.

—Como ve, siempre hay alguien con buen corazón dispuesto a ayudar. No se puede vivir con miedo.

El boxeador asintió. Una parte de su corazón comprendía las razones de la mujer.

—Pues si encuentra a Elmer dígale que Francisco Javier quiere que sepa que no hace falta que le devuelva aquello que le prestó antes de irse.

—¿Y de qué se trataba?

—De una carta de *Pokémon*. Dígale que ya la he encontrado —y le guiñó un ojo como muestra de complicidad.

La anciana no entendió a qué se refería, pero le devolvió el guiño y otra sonrisa.

Pokémon.

4

La abuela que cruzó el mundo en una bicicleta

La sabiduría suprema es tener sueños bastante grandes
para no perderlos de vista mientras se persiguen.

WILLIAM FAULKNER

Francisco Javier, el boxeador de buen corazón, le había recomendado seguir la ruta que cruzaba La Vega del Sol, Camelia Roja, Tierra Blanca, el Moralito y Boca del Río. Aunque lo llevaba escrito en un papel que el gigante había pedido al señor Ernesto, doña Maru lo había memorizado, pues no sabía leer ni escribir.

Ese detalle no iba a impedirle constatar la afirmación del filósofo vienés Ludwig Wittgenstein «el mundo es *mi* mundo», aunque ella no tuviera ni la menor idea de su existencia.

Mientras pedaleaba en dirección a Veracruz, doña Maru tenía en mente un propósito y una certeza: encontrar a su nieto, y sabía que lo lograría. En su pensamiento, el desenlace ya había tenido lugar. Ahora solo tenía que disfrutar del trayecto.

Repasaba pequeños pasajes de su vida, permitiendo que algunas sensaciones e ideas se paseasen por su interior sin la menor intención de retenerlas.

Una de ellas era que solo había dos verdaderas actitudes en la vida: dar amor y pedir amor. El resto era solo variaciones de un mismo tema. El problema residía en que muchas personas tendían a confundir las manifestaciones de las dos únicas emociones decisivas: el amor y el miedo.

Francisco Javier, el boxeador bondadoso, era un buen ejemplo. En su afán de obtener amor, a fin de mitigar el miedo que latía en el fondo de su corazón, se había convertido en un abusón. Cierto que se trataba de un procedimiento demencial, pero ¿acaso no estaba el mundo volviéndose loco? Había recurrido a la violencia y la intimidación para obtener por la fuerza aquello que, como más tarde y por fortuna comprendió, solo podía obtenerse a través de la amabilidad, la compasión y la dulzura.

El mundo se estaba llenando de personas así; de personas que actuaban más por confusión e ignorancia que por verdadera maldad, pero cuyos efectos eran desastrosos para ellas y para quienes las rodeaban.

Hacía mucho que doña Maru ya no juzgaba a nadie.

Había experimentado en sus propias carnes los beneficios de comenzar dando, de dar el primer paso en un gesto de confianza y buena voluntad. Ella era una persona muy querida y a la que nunca faltaba ni una muestra de afecto ni un cobijo ni un trozo de pan. Lo demás eran diamantes y piedras preciosas que nos ofrecía la vida. Eso pensaba doña Maru.

Lo que a la abuela le encantaba de los alfajores era que, por mucho que cambiasen los tiempos, ellos mantenían un lazo con la cara más valiosa del pasado: la que nos mostraba que la vida y nosotros mismos formábamos una cadena eterna, una cadena que conectaba todo y a todos en una danza sin final que a su vez unía, en un centro unificador, pasado, presente y futuro. Ese centro solo podía contemplarse en tiempo presente, pues el tiempo presente no es sino la eternidad.

Los demás tiempos son meras ilusiones, pues el tiempo no puede contener la eternidad, así como la suma de las partes siempre es menor que el todo.

Los alfajores también eran reales, no como las sensaciones sin entidad que generaban los agresivos vídeos que algunos chavales grababan en una búsqueda desesperada de reconocimiento inmediato y aprobación efímera y banal. En busca de amor.

Los alfajores de doña Maru preservaban el sabor intenso de la paciencia y el toque humano frente al sucedáneo que suponían los dulces industriales, aspecto que se extendía al resto de la vida.

El viaje que acababa de iniciar presentaba las mismas características que un alfajor. ¿El resultado sería el mismo en el caso de haber cogido un tren o de permitir que alguien la llevase en coche? Sin duda, el valor espiritual del mismo se habría diluido por el camino.

Doña Maru decidió hacer una parada cuando había recorrido poco más de diez kilómetros. Solía hacer unos treinta al día, de modo que calculó que tardaría casi dos semanas en alcanzar Veracruz. No tenía miedo de dormir al raso, ya que carecía de cualquier bien material y la belleza de su cuerpo ya no suponía un reclamo para los desaprensivos, lo cual suponía una gran ventaja.

Volver a contemplar las estrellas que solo brillaban con luz verdadera le traería buenas sensaciones y buenos recuerdos de su juventud y de Santiago, su hijo.

Se detuvo en un páramo. Apoyó la bicicleta en un árbol y miró al frente. Todo estaba en silencio. Hacía calor. Doña Maru extrajo una cantimplora con agua de la cesta que llevaba acoplada a la bicicleta y dio un trago corto.

Un llanto de bebé la sobresaltó. Miró a su alrededor, pero no pudo ver nada. Se preguntó si no sería fruto de su propia imaginación.

Pero resultó que no.

5

Eternamente recién nacidos

El presente nos revela algo tan especial que parece mágico:
este es el único momento que realmente tenemos.

JON KABAT-ZINN

Muy cerca, sentada detrás de un arbusto que al principio no había permitido que doña Maru la viera, se hallaba una mujer joven, casi una adolescente, con un bebé en brazos. La anciana se acercó a ellos muy despacio.

—*Quiubo* —saludó.

La joven no respondió. Miró a la criatura que sujetaba en sus brazos.

Doña Maru recordó la primera vez que le vino el periodo. Tuvo lugar en un páramo muy similar a ese, unos meses antes de conocer a don Humberto y doña María Fernanda. Las monjas no le habían dicho nada y solo cuando entró a formar parte del servicio de los mexicanos, gracias a las compañeras, supo que no estaba enferma.

—¿Están bien? ¿Necesitan algo? —poco a poco se fue aproximando hasta que pudo tocar el hombro de la chica—. Es un bebé precioso.

—Se llama Marina.

—Un nombre precioso también —dijo. Doña Maru miró al cielo. El calor no tardaría en arreciar—. ¿Hacia dónde se dirigen, si puedo preguntar?

A su juicio, y dada su edad, doña Maru estimaba que podía permitirse ciertas licencias como, por ejemplo, no perder el tiempo dando rodeos. No pretendía entrometerse en la vida de nadie, pero estaba convencida de que ese calor no podía ser bueno para un bebé.

La chica no contestó, si bien doña Maru no necesitaba su respuesta. Tenía una «ligera» impresión de lo que estaba sucediendo.

—Yo vengo de allí —se anticipó la vieja—. Cuidan bien de los niños, pero nada puede compararse al amor de una madre.

La muchacha levantó la vista de la recién nacida y, por primera vez, contempló a la anciana.

—¿Cómo lo sabe? ¿Cómo sabe lo que voy a hacer?

—Hija, créame si le digo que la entiendo perfectamente. Y también sé por lo que pasaría esa preciosidad en caso de que decidiera dejarla allí.

—¿Me perdonaría?

—Eso no es lo importante. Lo importante es ¿se perdonaría usted?

La chica bajó la mirada.

—No sé quién es su padre. —Doña Maru la miró con atención e interés, pero sin juzgarla—. Estuve con varios chicos. Era mi manera de obtener afecto...

—¿Y sus padres? —respondió la anciana a la confesión de la chica.

—Mis padres no saben nada. Me escapé hace varios meses de casa. Aunque lo supieran no me entenderían. Además, son muy pobres y no podrían ayudarme.

Doña Maru entrecerró los ojos antes de hablar.

—Pues ayúdele usted a ellos. —La joven arqueó las cejas—. Ayúdeles regresando. Estoy segura de que la echan de menos. ¿Ha pensado en lo que supone para unos padres perder el rastro de un hijo? ¿Imagina lo que sería perderlo para siempre? No le juzgo por lo que está a punto de hacer, créame. Tampoco puedo garantizarle que las cosas vayan a salir bien en caso de que decida quedarse con Marina. Lo que sí puedo asegurarle es que una madre jamás olvida a un hijo, y sufre por su ausencia. Dé el primer paso, hable con sus padres. Pida ayuda.

—¿Cómo podrían ellos ayudarme a mí? Ellos no tienen nada.

—Mire, conozco a muchas personas que se pasan la vida corriendo, consumiéndose en trabajos que no desean para darles a sus hijos lo mejor. El problema es que, según ellos, lo «mejor» lo es en un sentido material. Pero nunca tienen tiempo para estar con sus hijos y, cuando lo tienen, están tan agotados que se limitan a derrumbarse en el sofá a ver la tele, mirar el celular, beber y evadirse o, en el mejor de los casos, descansar.

»Debe saber que lo único que los niños necesitan es afecto, amor, compañía, libertad, confianza, seguridad. Es lo único que necesitan. Y ninguna de esas cosas cuesta dinero.

La joven miró al bebé y una sonrisa tímida se asomó a su rostro.

—Cómo me gustaría ser como un recién nacido, libre de preocupaciones —dijo.

La anciana sonrió y le acarició el brazo.

—En realidad, puede ser como ellos. Es muy sencillo. —La chica la miró con incredulidad—. ¿Ha visto alguna vez a dos gatos pelearse? Cuando ha terminado la pelea, vuelven a lo suyo y no recuerdan el asunto nunca más. ¡A los cinco segundos están jugando entre ellos de nuevo! No como los humanos que no dejan de preguntarse: «¿Y si vuelve el gato malo?» o «¿Qué hice para meterme en esta pelea?»

»A los recién nacidos y a los niños pequeños, a pesar de ser humanos, les sucede lo mismo que a los animales. Viven el presente sin tener en cuenta ni el pasado ni el futuro... Porque no tienen conciencia de ello. No saben para qué sirve una taza, un billete, una hoguera, ni qué pueden hacer o esperar de esas cosas. Para ellos todo es siempre nuevo.

—¿Quiere decirme que, al no tener muchas experiencias, son puros y eso los hace libres?

—Quiero decirle que, al igual que nosotros, vinieron al mundo en blanco, sin cargas, ni lecciones aprendidas, ni miedo, ni limitaciones, ni nada que les impida vivir otra cosa que no sea el día a día. O mejor, cada segundo, sin preocuparse por lo que pueda venir después y sin sentirse presionados o influidos por lo que ya pasó.

»Ellos no nacieron con sus creencias ni formas de ver el mundo, y sí con brazos, piernas y ojos. Esos brazos, piernas y ojos son verdaderos, pero las creencias y todo lo demás son cosas que nosotras mismas hemos ido construyendo o cogiendo de allí y allá, un poco a la buena de Dios.

La sonrisa de la joven madre se fue haciendo cada vez más y más grande.

—Hace mucho tiempo —prosiguió doña Maru—, yo también perdí a un hijo. Lo perdí antes de que falleciera, pues no sabía nada de él. Tampoco supe nada de mis padres y me vi obligada a sobrevivir por mi cuenta, a aprenderlo todo por mí misma. Cuando perdí a mi hijo, aunque siguiera vivo, una parte de mí empezó a perderse también. Y esa parte, la parte que desaparecía sin cesar, se hizo más y más grande, hasta que llegué a preguntarme qué sería de mí. Si no venía de ninguna parte ni a ninguna parte me dirigía, ¿quién era yo? ¿Qué era yo?

»Tardé varios años, muchos, en darme cuenta de que un oso no necesita saber que es un oso para serlo. Lo es y ya. Imagino que lo mismo sucede con el resto: pensamos que sin esas creencias y experiencias pasadas, o sin objetivos claros, no somos nada aparte del caos. Y el caos nos aterra porque no lo conocemos y pensamos que si no tenemos una imagen de nosotros mismos, algo que parezca unir cada una de nuestras experiencias, enloqueceremos, no seremos nosotros mismos, *no seremos nada en absoluto*.

»He descubierto que no es así. Lo cierto es que fuimos, somos y seremos al margen de lo que hagamos o pensemos. Otra cosa es que lo que hagamos y pensemos nos conduzca hacia lo que nosotras somos en realidad o nos aleje de nuestra verdadera naturaleza.

»Nuestro corazón sabe bien qué somos y nunca se cansa de esperar que lo descubramos por nosotros mismos. Mientras tanto, se dedica a enviarnos señales. Es su manera de jugar una partida cuyo final él ya conoce: hemos dejado nuestra huella por la sencilla razón de estar en el mundo. No necesitamos nada más. Ya formamos parte del Gran Plan, aunque no tengamos ni idea de cuál es nuestro papel. Las señales que nos envía nuestro corazón, que no son sino reflejo de las que nos envía el cielo, no ayudarán a descubrirla.

La joven la escuchaba sin interrumpirla. Doña Maru advirtió que sostenía al bebé con más firmeza y convicción, y con grandes dosis de amor.

—¿Acaso piensa que su existencia, la mía o la de la pequeña Marina son fruto del azar? ¿Cree de verdad que es casual que nos hayamos encontrado hoy aquí? ¿Le parece una coincidencia pensar en alguien a quien hace años que no ve y verlo ese mismo día? Querida, he vivido lo suficiente como para saber que nada pasa porque sí.

—No sé qué decirle, ni cómo darle las gracias, señora...

—Todos me llaman doña Maru.

—Doña Maru. Muchas gracias.

—Gracias a usted, pequeña. ¿Cómo se llama?

—Esmeralda.

—¿Viene de muy lejos?

—De cerca de Veracruz, doña Maru.

La anciana sonrió. ¡Era tan sencillo activar el mecanismo por el cual todas las respuestas se hacían visibles! Solo había que dar primero, amar primero; tener los ojos, los oídos y el corazón abiertos y la mente libre de prejuicios.

—Me dirijo a Veracruz —dijo doña Maru—. Recientemente supe que mi hijo Santiago ha muerto. —Esmeralda estuvo a punto de mostrar sus condolencias, pero la anciana la frenó con un gesto de la mano—. También que tenía un hijo, Elmer, mi nieto, a quien no conozco. Voy en su búsqueda.

—Elmer... —repitió Esmeralda para sus adentros. Doña Maru comenzó a sentirse incómoda, lo cual no pasó inadvertido para la joven—. No es lo que piensa, doña Maru. No se trata de uno de los chicos con los que estuve. Elmer, de padre Santiago. Lo conocí hace años. Impidió que unos gamberros me robaran un pequeño alfajor.

En condiciones normales, tanta coincidencia habría asombrado a doña Maru. Mas tenía muy claro que no se hallaba en una situación ordinaria. La insistencia de tales «casualidades» le hacía pensar que se trataba de señales enviadas por su propio destino.

—Estuvimos platicando —prosiguió la joven—. Elmer me contó que se había escapado del orfanato y que se dirigía a Veracruz. Creía haber escuchado algo que le hizo pensar que su madre, a quien no conocía, estaba allí. Sí, Elmer estaba buscando a su madre.

En silencio, doña Maru dejó caer unas discretas lágrimas que recorrieron despacio sus mejillas.

—Muchas gracias, Esmeralda. Ahora soy yo quien está en deuda con usted.

—Estamos en paz —dijo la joven y le guiñó un ojo cómplice.

—De todos modos, deje que le dé un último consejo. Algo que le ayudará tanto a usted como a Marina en el futuro: anote todo aquello que parezca despertar el interés de la criatura, pero que lo haga de un modo continuado. Todo aquello que le haga sentirse feliz al bebé: construir bloques de edificios, cocinar, jugar a médicos o profesores con sus muñecos, bailar... No importa. Anótelo. Pues llegará el día en que tendrá que tomar un camino y solo hay un modo de saber cuál es nuestro propósito: experimentar la felicidad.

»Cuando sea casi una mujer y esté a punto de dar sus primeros pasos hacia la vida adulta, recuérdele qué le hacía feliz siendo niña. Muchos adultos dicen «de pequeño quería ser astronauta», pero jamás miraron durante años las estrellas ni trataron de construir un cohete cuando eran niños. A veces esas fantasías son excusas para no tener que enfrentarnos al hecho de que no elegimos lo que nos habría hecho felices.

»Su regalo más grande será ofrecer a su hija la libertad, la posibilidad de elegir aquello que la haga feliz durante el resto de sus días, pues la llevará de nuevo al momento en que su mente y su corazón eran todavía puros, como usted ha señalado, y no estaban influidos por nada. Ella deberá elegir si desea continuar ese camino o no, pero usted se lo habrá recordado; le habrá recordado lo primero que despertó su interés y que, quizá, acabó olvidando.

A partir de ese punto, fue la joven madre quien no pudo reprimir las lágrimas.

—Muchas gracias, doña Maru.

—No llore, mi hija —dijo mientras la abrazaba—. También tengo algo para usted. Algo que le traerá muy buenos recuerdos.

La anciana se puso en pie y se dirigió a paso lento hacia la bicicleta. Buscó en la cestilla y regresó junto a la madre y su hijita.

—Aquí tiene. Es un alfajor. Pero es un alfajor chileno. Son diferentes a los de aquí, a los de México.

—Vaya —dijo Esmeralda entre lágrimas, mocos y risas—, es la segunda vez que alguien de su familia me permite que disfrute de un alfajor.

Doña Maru besó la frente de Esmeralda, se puso en pie y se despidió.

—Vuelva con sus padres. Ellos la entenderán. Y recuerde: amando sin cesar y no dando nada por sentado nos mantenemos eternamente recién nacidos.

La chica sonrió y la vieja volvió a la carretera.

6

Espejismos. Parecen reales, pero si te diriges hacia ellos nunca quedarás saciado

La forma más elevada de la inteligencia humana es la capacidad de observar sin juzgar.

JIDDU KRISHNAMURTI

Espejismo

De espejo e -ismo.

1. *m.* *Ilusión óptica debida a la reflexión total de la luz cuando atraviesa capas de aire de densidad distinta, lo cual hace que los objetos lejanos den una imagen más cercana e invertida.*

2. *m.* *ilusión (concepto o imagen sin verdadera realidad).*

Si caminas por el desierto y hace mucho que no bebes agua, quizá creas ver un oasis a lo lejos. Si te diriges hacia él, no solo no calmarás tu sed, sino que además perderás fuerzas persiguiendo una ilusión. Si perseveras, puedes enfermar e incluso podrías llegar a morir.

(A veces se muere por dentro.)

Este concepto se entiende muy bien desde fuera, aunque resulta sorprendente hasta qué punto malgastamos nuestra vida y nuestra energía persiguiendo quimeras e ilusiones: gratificación inmediata, bienes materiales por encima de nuestras posibilidades y necesidades reales, falsa aprobación, tiempo perdido o tiempo por llegar... Nunca será suficiente por la sencilla razón de que nada de eso es real.

Solo la realidad nos saciará.

¿Y qué es la realidad?

Lo que hay al otro lado de los esquemas mentales que has heredado o que has construido en base a experiencias que se desvanecieron hace mucho tiempo.

* * *

Aquella noche, doña Maru se durmió pensando en los recién nacidos y cómo, para ellos, cada momento era un nuevo comienzo. Emularlos no resultaba demasiado complicado, aunque sí requería una cierta práctica y un poco de paciencia.

Durmió bajo las estrellas, sobre una vieja manta y al despertar procedió a repetir el ritual al que, sin apenas darse cuenta, se había acostumbrado.

La clave para ser un eterno recién nacido —con independencia de la edad que una persona tuviera— residía en vivir el presente.

Incluso una anciana que vivía alejada de los trajines mundanos sabía que de un tiempo a esta parte todo el mundo repetía el mismo mantra. Estaba en las revistas, en la televisión, en los predicadores y motivadores, en los gurús del nuevo pensamiento. En realidad, estaba por todas partes: hay que vivir el momento *(carpe diem)*.

Doña Maru, no obstante, pensaba que el placer a toda costa no era la solución a ningún problema. Para ella, la alternativa residía en vivir *en* el momento (y no solo «vivir el momento»), lo cual implicaba, de manera inevitable, vivir *en* el presente.

La anciana sabía que las personas recurrían a los medios más diversos (libros, terapeutas, alcohol, drogas, etc.) para alcanzar la paz y la serenidad, para tener la sensación de estar viviendo y disfrutando la vida. Esperaban que algo ajeno a ellos mismos, como si de una varita mágica se tratase, les hiciera alcanzar la sabiduría y la felicidad. Lo que muchos no sabían era que sabiduría y felicidad ya se hallaban dentro de ellos. Solo tenían que abrir bien los ojos del corazón y dar un paso más, pues las buenas intenciones, los pensamientos y los mejores propósitos por sí mismos no son suficientes. Este paso consistía en pasar a la acción.

Nadie podría hacerlo por los demás, por mucho que quisiera. *Cada cual es tabla de su propia salvación.*

Todas las mañanas, sin tener ni idea de cómo había llegado a desarrollar dicho hábito, doña Maru dedicaba los primeros minutos del día a hacer nada. Se limitaba a respirar con los ojos cerrados, normalmente sentada en el porche, en su viejo banco.

Había llegado a la conclusión de que solo era posible respirar en el presente.

Con el tiempo, los periodos e instantes en que se limitaba a respirar sin hacer nada más, o a prestar atención a cada cosa que estuviera haciendo —por insignificante que pudiera parecer— se multiplicaron. Pero no olvidaba la primera vez que se limitó a cerrar los ojos y no hacer nada más.

Fue una mañana cualquiera.

Desde entonces, no había dejado de hacerlo. Comenzaba el día dedicando unos minutos a tomar conciencia primero de sí misma y luego del mundo que le rodeaba, estableciendo una transición suave y armoniosa entre el sueño y la vigilia.

También, cada vez que se sentía inquieta, respiraba de manera pausada durante unos minutos y recuperaba la serenidad. En el acto de respirar no había espacio para preocupaciones ni proyectos. Abrir los ojos con suavidad. Ver el árbol que tenemos delante y no la idea de árbol que hemos incrustado en nuestra mente. Ver el árbol como la primera vez. Ver el árbol como lo vería un recién nacido.

* * *

Doña Maru abrió los ojos lentamente. Estaba amaneciendo. Sin necesidad de un despertador, su cuerpo se incorporó a la vida de manera natural. El fresco de la mañana era un bien preciado para ella. Podría recorrer los primeros kilómetros del camino, y cuando el calor apretase ya habría realizado la mayor parte del trayecto diario.

A doña Maru le encantaba madrugar.

El mundo para ella. La serenidad absoluta. El canto despreocupado de los pájaros. El silencio.

Después de estirarse y desperezarse como un gato, la anciana sacudió y dobló con cuidado la manta sobre la que dormía. La guardó en la caja de atrás, cogió un alfajor y lo comió despacio. Se dijo que tendría que detenerse en el pueblo más cercano a hacerse con unas pocas provisiones.

Subió a lomos de su bicicleta turquesa y dio unas cuantas pedaladas lentas, tratando de adoptar el ritmo adecuado.

Media hora después había llegado al pueblo. Se detuvo en la primera tiendecita que encontró. Tenía un aspecto humilde y le pareció que allí los precios serían más populares. Por desgracia, los alfajores no daban para mucho.

—¡Buenos días! —exclamó al entrar. Aunque la puerta estaba abierta, no había nadie para atenderla. Resultaba evidente que los tenderos vivían en la parte de atrás. Solo una especie de campana de viento, hecha con los tapones metálicos de las botellas de refrescos, les avisaba de que había llegado un cliente.

Mientras esperaba que alguien acudiera a atenderla, doña Maru se dedicó a recorrer con la mirada las pocas estanterías que había. Muchas de ellas, la mayoría, estaban casi vacías.

—¿Y por qué tengo que ir? —preguntó la voz de un chico joven en algún lugar de la parte trasera. En realidad, a pesar de adoptar la forma de una pregunta, sonaba a lamento.

—Porque sí —le respondió con voz resignada una voz de mujer.

—No querrás pasarte la vida regentando esta tienda, ¿verdad? —intervino una voz de hombre.

—¿Qué tiene de malo esta tienda?

—Hijo, tú vales para mucho más que esto...

—¿Hay alguien? —volvió a preguntar doña Maru.

—¡Un segundo! —respondió la voz de hombre.

Acto seguido, un señor delgado, con bigote ralo que recordaba al de un Charles Bronson muy desmejorado, apareció a través de una cortinilla de abalorios de plástico.

—Buenos días, señora. En qué puedo ayudarle.

—Buenos días. ¿No tendrán por casualidad unas tortillas, dos pimientos, dos tomates y unos aguacates?

—Bien temprano que se le han antojado a usted unos tacos ligeritos —bromeó el tendero. En los ojos del hombre advertía una extraña mezcla de sentido del humor y preocupación por el futuro de su establecimiento.

—Estoy de paso.

—De paso, ¿eh? Ya decía yo que no recordaba haberla visto por aquí antes.

Estaba claro que el dueño de la tienda sabía que doña Maru no era vecina, ya que el pueblo era tan pequeño que todos se conocían. No obstante, tampoco se le veía la intención de sonsacarle más información o de cotillear.

—De paso, sí. Tampoco me vendría mal llenar mi cantimplora —añadió.

—Claro, señora, déjeme a mí. Ahora mismito se la lleno.

El hombre volvió al interior con la cantimplora de aluminio de gran tamaño y regresó sin ella. Mientras preparaba el pedido, dijo:

—Ya se la está llenando mi hijo. Ahora la trae.

Envolvió el magro pedido en papel de periódico y aprovechó el tiempo que tardó su hijo en llegar para observar a la anciana.

—¿Qué se debe? —preguntó esta.

Antes de que el hombre pudiera responder, un chico con una camiseta raída de *La guerra de las galaxias* llegó con la cantimplora. Cargaba una mochila todavía más desgastada con un dibujo de la seta característica del videojuego *Super Mario* estampado en ella.

—Aquí tiene, señora —le dijo. Llevaba unas gafas con una patilla unida mediante una especie de esparadrapo adhesivo color carne. Su frente estaba llena de acné, su pelo estaba un poco grasiento, y desprendía un fuerte olor no a falta de higiene, sino a pura hormona.

—Gracias, hijo —dijo doña Maru.

—Has olvidado tu almuerzo —dijo una señora menuda asomando la cabeza por las tiras de plástico con abalorios incrustados—. Buenos días, señora —añadió al advertir la presencia de doña Maru. Esta le devolvió el saludo.

—No tengo hambre —protestó el adolescente con más desánimo que sinceridad. La madre no insistió, pues intuía de sobra las razones que tenía su hijo para rechazar la comida—. Ya tomaré cualquier cosa cuando regrese de clase.

—¿Has quedado luego con Rogelio para trabajar con su computadora?

—Sí, mamá —dijo él lanzando una mirada tímida a doña Maru.

—A mí también me encantan las computadoras. No sé leer, pero me gusta mucho ver las fotografías —dijo la anciana para sorpresa de la familia—. Con Internet podemos ver lo variadas que somos las personas y lo maravilloso que es el mundo, ¿no creen?

Tendero, hijo y señora a través de la cortina miraron perplejos a la vieja. El chico arqueó las cejas y dijo que se iba a clase.

—¿Qué se debe? —volvió a preguntar doña Maru dirigiéndose al dependiente.

—No se preocupe usted. No solemos recibir a «peregrinas» de su edad por aquí. El desayuno corre de nuestra cuenta —trató de sonar divertido.

Doña Maru se encogió de hombros, tomó el paquete de comida, dio las gracias con una sonrisa y se despidió. Mientras se encaminaba hacia la puerta, los dos propietarios del modesto establecimiento la observaron. El marido, abriendo mucho los ojos, movió su mano derecha como preguntando en silencio a su mujer «¿y qué iba a hacer?».

La anciana vio cómo el muchacho se alejaba por el camino. Su paso era lento, casi arrastraba los pies, como si en realidad no desease llegar a su destino. Doña Maru cogió su bicicleta y decidió ir tras él. Cuando llegó a su lado le dijo:

—Sí que le gusta madrugar, joven.

El chico miró la bici y después a la señora.

—Tengo que recorrer un buen trecho para llegar a clase.

—¿Quiere que le lleve?

En el rostro del chico se dibujó una sonrisa tímida.

—Cogeré el bus. No queda lejos la parada.

—Oiga, no pretendo meterme en los asuntos de nadie, pero al entrar en la tienda le he oído decirles a sus padres que no quería ir a... ¿No le gusta ir a clase? —El joven pensó que sí que era un poco entrometida, pero no estaba dispuesto a ser grosero con una señora tan mayor—. ¿Quiere un alfajor chileno?

El chico volvió a sonreír por segunda vez. Doña Maru le entregó un dulce que el chico agradeció.

—No es que no me guste ir a clase. El problema es que «a mi clase» no le gusta demasiado que vaya yo.

—¿Y por qué no iba a gustarle? No entiendo.

—Por esto —respondió estirando la camiseta para que el logotipo de *Star Wars* se apreciase bien—. Mis padres dicen que debería llevar otra ropa, pero a mí me gusta ser así. Además, no creo que nada cambiase.

Doña Maru arrugó el entrecejo.

—No comprendo. ¿A sus compañeros no les gusta usted por llevar esa camiseta?

El chico supuso que aquella mujer no tenía ni idea de lo que significaba; que esa camiseta lo convertía en un friki, en alguien diferente. Además, sus padres eran pobres —más pobres que los del resto— vivía en un pueblucho y tenía que ir a clase en autobús, tenía más acné que los demás y su olor corporal era especialmente intenso. Tampoco era muy guapo ni el más sociable. Tan solo era un chico un poco tímido que prefería refugiarse en los libros, el cine, los ordenadores y un reducido grupo de amigos bastante parecidos a él. Como Rogelio, que iba a otro instituto y que tenía los mismos problemas que él.

—Supongo que no les gusto por muchas cosas —resolvió el muchacho.

—Pues le felicito por ser fiel a sus gustos. Seguro que sus padres piensan que lo mejor es amoldarse a la opinión general, pero no considero que una camiseta sea motivo suficiente para gustar o no gustar a los demás.

—Eso mismo opino yo —dijo el chico.

—Los jóvenes, siempre tan incomprendidos. Es como si a los mayores se nos hubiese olvidado que alguna vez también lo fuimos y cómo nos sentíamos, ¿verdad?

—Sí, señora.

El muchacho parecía comenzar a relajarse y a estar cómodo en presencia de la anciana.

—Me llamo Maru, aunque todos me llaman doña Maru. Debe ser porque soy vieja.

—Pues encantado, doña Maru. Yo soy Mario.

—Un placer, Mario. ¿Sabe?, de jóvenes nos aterra ser diferentes. De mayores, sin embargo, lo que nos asusta es ser todos iguales. Cuando partí para emprender el viaje que estoy realizando vi cómo le daban una *madriza* a un muchacho, casi un niño. Un hombre fuerte vino a auxiliarnos. Me contó que a ese chico solían pegarle también por ser diferente y que él mismo había sido durante mucho tiempo un abusón, hasta que decidió cambiar. —Hizo una pausa—. Querían quitarle una carta de... ¿Cómo dijo? ¿*Pokémon*? ¿Es *Pokémon*? ¿Lo conoce?

El joven esbozó una amplia sonrisa y dijo:

—Claro que sí. Me encanta *Pokémon*. Lo que no me gusta es que me quiten el almuerzo, por eso ya no me lo llevo... —Su rostro se ensombreció.

La mirada de doña Maru se endureció antes de proseguir. Entrecerró los ojos como si quisiera traer a la mente las palabras adecuadas, por mucho que supiera que serían desagradables.

—Las personas hacemos cosas horribles por un poco de cariño, por un poco de aprobación, de popularidad aunque sea falsa y momentánea. A veces no pensamos en las consecuencias de nuestros actos ni en el daño que estamos causando a otros.

Mario escuchaba con atención.

—Antes les he comentado a ustedes que me encantaban las computadoras. Una vez, una amiga —se refería a la señora Arriaga— me dijo que muchos de los videojuegos a los que los jóvenes juegan, de las películas que les gustan o de las viñetas que leen fueron creados por personas que en su infancia y juventud habían sufrido acoso. Ellos y ellas fueron lo suficientemente fuertes como para no hundirse, pero no todos corren la misma suerte. Algunas personas no resisten la presión, estallan y se consumen de mil maneras. ¿Quién sabe qué cosas maravillosas habrían podido crear y que incluso los mismos abusones habrían disfrutado? ¿Se imagina?

Mario asintió sin decir una palabra.

—¿Por qué hacen las cosas que hacen? ¿Por qué no nos dejan tranquilos? Nosotros no molestamos a nadie... —Doña Maru se pasó la mano por la frente y por la cara. Caminaba junto al joven, apoyada en la bicicleta—. Perdóneme —dijo Mario—, ¿quiere que le ayude a llevar la bicicleta?

—No, no, gracias. Está bien así. Me viene bien ir apoyada. —La vieja respiró hondo antes de proseguir—: Creo que lo hacen por falta de madurez. Y también porque están necesitados de atención y de afecto. Están necesitados de amor. El odio es una forma de miedo que, a su vez, es siempre una llamada desesperada de amor. A veces la gente hace tonterías. También los mayores las hacen, no se crea. Pero a su edad, las personas son más frágiles. Todo parece dar vueltas. Ustedes mismos dan vueltas. —Doña Maru hizo una pausa antes de añadir—: Si te sientes inseguro y poca cosa, tienes más vacío que llenar, estás más hambriento que cuando la vida te ha hecho más duro y empiezas a tener claro tu papel en ella.

»Creo que muchos jóvenes han perdido el objetivo, no saben dónde van, y luego no pueden saber si han llegado donde querían. Giran en círculos. En parte, creo que les cuesta tanto trabajo saber qué quieren porque nosotros, los que llegamos antes, les hemos dejado un mundo un poco estropeado. Pensarán: «¿Y ahora qué hacemos con esta mierda?» —A Mario le resultó llamativo que una señora tan educada emplease ese término, pero le resultó gracioso y agradeció su actitud franca y directa. La anciana tosió y se llevó el puño a la boca—. Tampoco ayuda mucho que, para que no sufran lo que nosotros, se lo hayamos puesto todo en bandeja. Así no tienen aguante para nada. La gente, jóvenes y mayores, lo quiere todo y ya. Y eso, claro está, ni es posible ni recomendable. Pero esa es otra cuestión.

La anciana resopló debido al calor.

—No resulta usted muy motivadora —dijo Mario en un tímido intento de bromear. Contuvo las ganas de decir que a él sus padres no habían podido dárselo todo, en un sentido material, si bien sí que lo habían sobreprotegido un poco desde que era muy pequeño.

—Para ser sincera, nunca he visto una generación que dejase el mundo mejor que cuando lo encontró. No es cosa de ahora. Siempre se debe a lo mismo: egoísmo y vanidad. Si obrásemos como las abejas, trabajando juntas para que la colmena se mantenga, las cosas serían de otra manera. Y aquí llega la parte alentadora, porque nadie quiere que las abejas se extingan, ¿cierto? —Mario negó con la cabeza siguiéndole el juego—. No es tarde para cambiar. Nunca lo es. Podemos empezar a aprender de las abejas, ir más allá de nosotros mismos y comenzar a pensar en los demás.

»En sus manos, ustedes los jóvenes tienen un objetivo milenario. El mismo que han tenido las generaciones anteriores, pero que no siempre han sido capaces de cumplir. Espero que ustedes sean los elegidos y que asuman con agrado y valentía la enorme responsabilidad que les corresponde...

—¿De qué objetivo se trata? —preguntó Mario con evidente curiosidad.

—Pensar en los que vendrán después y construir un futuro más justo para todos y para todas. El mañana es suyo; el mundo es suyo, pero deben cuidar lo bueno que queda en este planeta y al planeta en sí. Hagan algo que jamás nadie ha hecho: dejen el mundo mejor de como lo encontraron.

»También necesitan comprender que la diferencia es buena, que la variedad es buena. Que no importa cómo sean los demás, que desde el respeto todos y todas podemos convivir. Dejar de estar siempre centrados en nosotros mismos, olvidar las cosas sin importancia y comprender que nos necesitamos los unos a los otros. Todo y todos estamos conectados, y no solo a través de las computadoras y esos celulares que llevan ustedes. También con todo el universo. Como las abejas y las flores, como la luna y las mareas. Todos y todas formamos parte de un Gran Plan. Si falta una pieza, el conjunto se viene abajo.

—¿En qué consiste ese Gran Plan?

La anciana esbozó una media sonrisa tierna.

—La vida consiste en descubrirlo. Si intentas responder a la pregunta, te alejas de él, pero si vives y te olvidas de él, lo estás cumpliendo.

Mario hizo una mueca dando a entender que no estaba entendiendo nada.

—Ya sé que parece un poco complicado, pero estoy segura de que usted lo acabará comprendiendo.

Sin darse cuenta, habían llegado a la parada del autobús.

—No debe tardar demasiado —dijo el chico. Se generó un silencio entre ellos—. A propósito, ha dicho que iba usted de viaje. ¿Dónde se dirige?

Doña Maru le contó por encima la historia de su nieto Elmer.

—Todo lo que usted cuenta coincide con la biografía de un famoso artista urbano cuyo rostro nadie conoce. Es todo un misterio, pero se dice que está llenando Veracruz de mensajes esperanzadores. Elmer, Santiago, orfanato... Elementos que aparecen en uno de sus trabajos más misteriosos y conocidos. Siento mucho no disponer de un celular con acceso a Internet para poder mostrárselo.

La anciana escuchaba con los ojos cerrados y una sonrisa dibujada en la cara.

—No es necesario —dijo—. Puedo imaginármelo. —Abrió los ojos despacio—. Muchas gracias, Mario. Gracias por tus alentadoras palabras sobre Elmer. —Lo tuteó por primera vez—. Estoy segura de que, tarde o temprano, nuestros caminos se cruzarán de nuevo. Muchas gracias de todo corazón.

—Gracias a usted. Ha sido un placer platicar con una señora tan sabia.

—No soy sabia, hijo, solo vieja. —Los dos sonrieron—. Y por eso te daré un último consejo: aguanta. Esta época de tu vida durará menos de lo que te imaginas y en el futuro recordarás muchas cosas buenas que tal vez ahora mismo no puedas ver. Sigue siendo tú mismo, con esa camiseta «horrible», y no como los demás quieran que seas. Recuerda que dentro de unos años, los que ahora no te aceptan se morirán por ser como tú. —La anciana alzó la vista al cielo y se cubrió los ojos con la mano—. Y por encima de todo no lo olvides: el mundo es tuyo. Haz que sea un lugar mejor para todos y para todas, para quienes ya están aquí y para los que vendrán. Hazlo mediante pequeños gestos de bondad. No es necesario hacer nada más. Esa es tu única responsabilidad por ahora. Ya tendrás tiempo de conocer el Gran Plan. No hace falta que lo busques ahora mismo: el Gran Plan te encontrará a ti en el momento adecuado.

Mario asintió con la cabeza, volvió a darle las gracias y se despidió de ella mientras doña Maru tomaba impulso en su bicicleta.

Unos cuantos chicos y chicas comenzaron a llegar a la parada de autobús. Mario los saludó y la anciana desapareció entre la polvareda.

Regreso al futuro.

7

¿Puede un unicornio quitarte el sueño?
El futuro no ha tenido lugar

¿Qué es, pues, el tiempo? Sé bien lo que es, si no se me pregunta. Pero cuando quiero explicárselo al que me lo pregunta, no lo sé.

SAN AGUSTÍN

El tiempo. Un asunto curioso, sin lugar a dudas. En la Antigua Grecia, en un intento de aclarar o ilustrar el concepto —algo que conseguían muchas veces con muchos temas—, tenían tres dioses que encarnaban sus tres tipos de tiempo: Kronos —el que más se ajusta a nuestra concepción del tiempo *cronológico*—, Aión —que representaba la eternidad o el eterno retorno—, y una tercera divinidad, en realidad un dios menor, un duende o un *daimon*, que podría entenderse o interpretarse como el «instante», la «ocasión», el momento justo o apropiado. En realidad se trata de un tiempo que está fuera del tiempo. A este lo denominaron Kairós.

En gran medida este tiempo —más que el resto, si cabe— es un tiempo subjetivo, una vivencia subjetiva que, a veces, atenta contra la propia noción de tiempo. Claro que puede haber un Kairós a escala cósmica, pero ¿cómo podemos nosotros conocerlo y mucho menos manejarlo?

Para cada uno de nosotros, el instante apropiado se halla en nuestro interior y nuestro corazón sabe perfectamente cuándo ha llegado la hora de pasar a la acción.

Solo hay que prestar un poco de atención.

* * *

Mientras pedaleaba, doña Maru pensaba de vez en cuando en las abejas, en cómo prescindían del individualismo extremo y trabajaban cooperando con el resto de la colmena en aras de un bienestar colectivo. Incluso la propia supervivencia de la especie dependía de dicho trabajo mancomunado.

¿Y si una abeja se olvidase de sí misma en pos de la colectividad? ¿No se convertiría en una esclava sin identidad? ¿Dónde quedaría su capacidad de elección, su libertad?

La naturaleza no impone códigos éticos a sus criaturas —estas se mueven por instintos—, como tampoco hay nada que impida a una abeja alejarse de la colmena (como en ocasiones hacen) e incluso perderse en el vasto universo. Pero ellas, las abejas —al igual que otras especies—, habían aprendido a lo largo de muchos años de evolución que sus posibilidades de supervivencia aumentaban de manera considerable al trabajar en equipo, al trascenderse a sí mismas y aparcar el ego; al comprender que nadie existe en sí mismo y por sí mismo. Indudablemente, las abejas no tenían conciencia de nada de eso, ni falta que les hacía.

Tampoco doña Maru razonaba en esos términos, limitándose a sonreír, pedalear y dejar que el susurro del ser pasease por su interior, la traspasase o hiciera lo que le viniera en gana. «Ser» significaba *ser* mucho más allá de los límites del propio cuerpo o de la idea que uno tuviera de sí mismo. ¿Dónde terminaba el cielo y empezaba el suelo? ¿Necesitaba el sol saber qué era? No, y sin embargo no cesaba de iluminar la Tierra con sus rayos. Sin darse cuenta, la anciana se adentró en un terreno desértico. El agrietado asfalto se encontraba rodeado de grandes masas de arena amarillenta a ambos lados. Doña Maru comenzó a distinguir una figura negra a lo lejos. Se movía de un lado para otro, como si no tuviera una idea muy clara de hacia dónde dirigirse. La vieja decidió acercarse. Cuando llegó advirtió que se trataba de un hombre joven de no más de treinta y cinco años. Vestía un traje de lino negro y una camisa blanca de manga larga. El calor era insoportable, pero aquel señor se empeñaba en llevar puesta la chaqueta.

—Buenos días —saludó doña Maru—. ¿Necesita algo? ¿Puedo ofrecerle un poco de agua?

—No, muchas gracias —respondió el hombre.

—Bonita chaqueta —dijo la anciana.

—Sí... —musitó él sacudiéndose el polvo.

—¿Qué le trae a usted por este lugar tan árido y solitario?

El hombre pasó los dedos por las comisuras de sus labios antes de responder sin demasiados rodeos:

—Un engaño. ¿Y a usted?

—Estoy de paso —contestó doña Maru.

—Ya veo.

—¿Ha llegado a pie?

—No, señora. Tomé un taxi, pero me temo que, a pesar de ser este mi destino, me han tomado el pelo. Acabo de descubrirlo.

Dos figuras extrañas y solitarias se observaban frente a frente. El cielo anaranjado sobre ellas.

—¿Le apetece un alfajor? —El hombre la miró extrañado. Había una yuca solitaria al fondo—. Me gustaría descansar un poco. ¿Quiere que nos sentemos bajo esa yuca?

—¿Por qué no? —respondió él con gesto resignado—. Después de todo, no tengo nada que hacer.

Doña Maru apoyó la bicicleta en la palmera, sacó la manta y la tendió sobre el suelo con ayuda del hombre.

—¿Dice usted que le han engañado?

—Eso parece. —El hombre del traje negro sacó un móvil del bolsillo interior de la chaqueta, buscó algo y se lo mostró a la anciana. Era una captura de pantalla donde podía verse el contenido de un tuit.

—Lo siento mucho, pero yo no sé leer.

El hombre resopló debido al calor y asintió con la cabeza.

—Me llamo Tobías Lobo. Soy escritor y vengo de España.

—Vaya, qué pena: es la primera vez que conozco a un escritor y no sé leer. Espero que sepa usted disculparme.

—No se preocupe —dijo él con una sonrisa triste—. El caso es que la vida me sonríe en mi país. Soy bastante conocido, ¿sabe?

—¿Cuál es el problema entonces?

—El problema comenzó hace un mes más o menos. Recibí una invitación a través de las redes sociales. ¿Sabe lo que son? ¿Le suena Internet?

—Claro que sí —respondió la anciana—. No soy tan vieja.

El escritor sonrió, esta vez de un modo más alegre.

—Vale. Pues recibí una invitación a través de las redes sociales para ser cabeza de cartel de un nuevo y original festival literario que tendría lugar aquí, en mitad del desierto. Se trataba de una experiencia pionera, arriesgada, de la que todo el mundo hablaría y sobre la cual se escribirían ríos de tinta, es decir, de tuits. Incluso alguien se tomó la molestia de crear una página web para darle veracidad al asunto. En fin, que mordí el anzuelo, dije que sí, ¡e incluso me ofrecí a pagarme el vuelo! Ya sé que fue una estupidez, pero me pudo mi carácter impulsivo.

Doña Maru extrajo dos alfajores de la cestilla y le ofreció uno a Tobías sin preguntarle si lo quería o no. Este lo aceptó con gusto. —El caso —prosiguió— es que acabo de descubrir que todo ha sido un engaño. Una burla de alguien que, como otros tantos, debe odiarme debido a mi popularidad. Publiqué un tuit, una nota en Internet, anunciando mi llegada a México, señalando que estaba a menos de un kilómetro de mi destino, es decir, de este desierto. Fue entonces cuando un alma caritativa me remitió el mensaje del burlador. En él, junto a mi mensaje, se hallaba una foto de este sitio, tal y como es en realidad. El autor del tuit empleaba un tono burlón. ¡Se estaba riendo de mí y de lo que me aguardaba! No era el primer mensaje de ese tipo que había subido a la red. No faltaron los que aplaudieron la broma cruel. Según ellos, me lo merecía por engreído. El caso es que tal vez lleven razón: me pudo la vanidad, luego ¿qué me hace pensar que no soy siempre así? Un estirado que tiene que recordarles a los demás que es más inteligente que ellos...

Doña Maru no dijo nada. Dio un bocado pequeño al alfajor y se sumió en sus pensamientos, en esos pensamientos que ya apenas tenía. Parecía estar mirando más allá de un horizonte donde el cielo y la tierra se unían en una franja desenfocada que no cesaba de titilar.

—Una vez me dijeron que en Internet las cosas no son lo que parecen. De hecho, parecen más que son.

—Sí, como sucede en la caverna de Platón —trató de bromear el escritor.

—¿Platón?

—Olvídelo.

—A veces confundimos lo real con las fantasías. Cada vez más. Al final ya no sabremos qué es cada cosa. —Hizo una pausa—. Lamento que haya acabado aquí.

—No importa —dijo el escritor tratando de reponerse—. Quizá no sea tan malo. Después de todo, necesitaba inspiración para mi próxima novela. ¿Sabe?, últimamente me cuesta mucho tener ideas.

—Debe de ser terrible: un escritor sin ideas... ¿Y sobre qué escribe usted, si puedo preguntarle?

—Novelas de acción y aventuras.

—¿Entonces ya no tiene más aventuras que contar?

—El problema es que no tengo claro si quiero seguir escribiendo de esa manera.

—¿Por qué lo hace, pues?

—Porque es lo que se espera de mí. Además, me va muy bien en términos monetarios. ¿Qué pasaría si cambio de registro y nadie las compra?

—¿Qué pasaría si siguiera escribiendo así y alguien lo mandase de nuevo al desierto? —Doña Maru estalló en una sonora carcajada. Tobías Lobo tardó un poco en reaccionar, aunque también acabó riendo.

—Lleva razón.

—¿Qué quería ser usted cuando era niño? ¿Lo recuerda?

—Recuerdo que me gustaba hacer reír a los demás.

—Pues lo ha conseguido. Resulta usted muy gracioso con esa chaqueta en medio del desierto.

Tobías se la quitó de inmediato y la dejó sobre la manta. Acababa de comprender que llevar la chaqueta puesta en mitad de un lugar tan caluroso era una muestra de la inercia y automatismo con que se conducía a lo largo de su vida: actuando de manera mecánica y en función de lo que se esperaba de él, sin pararse a pensar si realmente todo aquello era lo que él deseaba o necesitaba.

—Mis padres no tenían mucho dinero —prosiguió el escritor con la mirada clavada en el horizonte—, pero se las arreglaban para que los veranos pudiéramos pasar aunque fuera una semana en la playa o en algún sitio que al menos tuviera piscina. El olor del cloro me sigue trayendo buenos recuerdos.

Doña Maru entendió sin necesidad de explicación por qué Tobías Lobo había decidido compartir con ella ese recuerdo. A pesar de haber tenido que crecer de manera apresurada, sabía que la adolescencia era una etapa que marcaba profundamente a las personas —en ocasiones hasta convertirlas en «peterpanes» o «campanillas»— no solo porque se trataba de la época en que eran jóvenes, sino porque coincidía con el momento de apertura a un mundo repleto de posibilidades, lleno de sueños por cumplirse. Durante la adolescencia todo era nuevo e infinito. La nostalgia que algunos hombres y mujeres sentían por la niñez tardía y la pubertad tenía mucho que ver con la ausencia de obligaciones asfixiantes, de preocupaciones y con un futuro indeterminado, totalmente abierto. No como ese embudo en que se convertía la vida conforme uno iba creciendo y que empujaba a cualquiera en una aburrida y triste dirección: obligaciones, prejuicios acumulados, necesidades diversas, creencias enquistadas, hijos, familia, trabajo, hipotecas, dinero, desengaños... ¿Cómo escapar de ahí? ¿Cómo ser libres y despreocupados cuando, de un modo u otro, todo el mundo esperaba algo de nosotros, cuando nosotros mismos nos habíamos ido cargando de obligaciones y construido una autoimagen de la que ahora no podíamos librarnos? ¿Cómo ahuyentar la sospecha de que, en cierto sentido, la vida nos había dado gato por liebre?

Doña Maru sabía que la respuesta no residía en el retorno, en ocasiones patético y fuera de lugar, a un pasado que ya se había esfumado, sino en la supresión del tiempo mediante la atención enfocada de manera constante en el momento presente —sobre cada instante— y el abandono de la falsa idea de identidad a lo largo del tiempo. La anciana no tenía la menor necesidad de planteárselo ya que lo vivía en su propia carne: nada que añorar, nada en el pasado, nada en el futuro y nadie que añorase, temiera o anticipase nada. Solo un flujo de energía en constante tiempo presente. Solo una aventura vivida con alegría y entusiasmo pero sin la sensación de que se tratase de algo excesivamente personal; sin dramas ni expectativas irreales, justo como el canto de un pájaro o el maullido de un gato.

—Me escapé del orfanato poco antes de cumplir los trece —dijo doña Maru—. Poco antes vi una foto que alguien nos tomó a todos los niños y niñas que estábamos allí. Una de esas fotos en las que todo el grupo posaba con las profesoras, monjas en mi caso, a los lados. No sé qué edad debía de tener, pero sí recuerdo que sentí una cierta extrañeza. A pesar de suponerse que era yo la que aparecía en la foto, que vivía dentro del mismo pellejo y que debía de tener unos pensamientos y opiniones más o menos similares que ahora, me costó mucho reconocerme. Era capaz de apreciar ciertos rasgos físicos parecidos, pero me seguía costando verme reflejada en esa imagen. ¿Era yo? ¿Era yo por la razón de hallarme dentro de un mismo pellejo? ¿Era en realidad el mismo pellejo? ¿Podía recordar las cosas que pensaba o sentía por entonces? ¿Podía asegurar que tenía los mismos pensamientos y sentimientos que ahora?

»Como le he dicho, por aquel entonces no tenía ni trece años. Imagínese lo que sentiría en estos momentos si volviera a ver esa fotografía…

—Las fotografías, sí. Intentan capturar la realidad, pero la realidad se escapa.

—No se puede capturar el cambio, pero nos empeñamos en eso una y otra vez. Nosotros, por mucho que pensemos que somos la misma persona, también somos cambio y nada más.

—Imagino que es cosa del ego pensar lo contrario.

—¿Cosa de quién? —preguntó doña Maru.

El escritor no respondió. La anciana prosiguió:

—Nos pasamos media vida buscando o inventando etiquetas que nos ofrezcan un falso sentimiento de identidad o pertenencia, y la otra mitad tratando de escapar de ellas.

—O sufriendo las limitaciones que nos imponen —añadió el escritor.

—... Sin recordar que fuimos nosotros quienes las creamos. Las únicas barreras están en nuestra mente. En realidad, «la jaula» siempre está abierta. Solo hay que empujar la puerta.

Poco a poco, entre palabras y silencios, fue cayendo la tarde, y después la noche.

—¿Puede un unicornio quitarnos el sueño? —preguntó la anciana mientras contemplaban el manto de estrellas.

—¿Cómo? —repuso el escritor sin comprender muy bien qué quería decir doña Maru.

—Un unicornio no existe, de modo que no podría ni quitarnos el sueño ni ninguna otra cosa. Con el pasado y el futuro sucede lo mismo: uno ya ha desaparecido, el otro aún no ha llegado. Sin embargo sufrimos al pensar en uno y en otro. O bien nos sentimos culpables o bien temerosos. Por mi parte, he llegado a la conclusión de que *el pasado es una ilusión. El futuro no ha tenido lugar. Solo el presente es real.*

La bicicleta seguía apoyada en la yuca. Doña Maru y Tobías se habían tumbado sobre la manta. Allí, en mitad del desierto, no había nubes ni edificios ni luces que dificultasen la visión de las estrellas.

—¿Ve esas estrellas? —preguntó la anciana.

—Claro que sí. Son bellísimas y brillan como nunca. En la ciudad donde yo vivo no es posible verlas.

—Eso es porque aquí no hay nada que impida su visión.

El escritor, tumbado boca arriba, mordisqueaba el tallo seco de un matojo.

—Cuando era niño —prosiguió doña Maru—, ¿jugaba a unir puntos numerados para ver qué dibujo aparecía al final?

—Me encantaba —respondió el escritor con una sonrisa repleta de nostalgia.

—Pues esas estrellas son como los puntos de aquellos cuadernos. Si los une correctamente, verá el dibujo.

—¿Y de qué dibujo se trata? —preguntó el escritor.

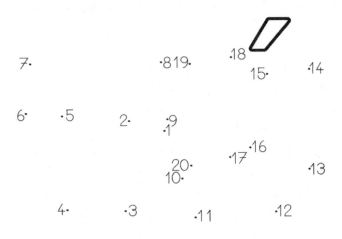

La anciana hizo una pausa antes de responder.

—Cada uno de nosotros ve una cosa distinta, porque el mundo exterior es, en realidad, un reflejo de lo que creemos, pensamos y hacemos. Pero, para responderle, le diré que es el dibujo que usted mismo dibujó siendo niño, el dibujo de lo que usted es en realidad, pero que olvidó, como les sucede a casi todos los adultos, cuando abandonó la niñez. Por eso, también como casi todos los adultos, está triste: porque se olvidó de quién es en realidad. Porque se añora a sí mismo.

El escritor estuvo a punto de dejar caer una lágrima.

—No se aflija —le consoló la anciana—. Esa persona le sigue esperando, pues está más allá del tiempo y jamás lo ha abandonado. Solo necesita llamarla e invitarla a regresar.

—¿A qué se refiere? Me temo que no la he entendido —dijo sorbiéndose los mocos.

—Ha acabado en este desierto por ser alguien que en el fondo no quería ser. Tal vez le haya ido bien en la vida, eso sí, como usted dice, solo en términos de dinero. Pero ¿y lo demás? No sé si está usted casado o no, si tiene hijos o no, y tampoco es asunto mío. Sé que no es feliz, de lo contrario no habría llegado hasta aquí.

Tobías trataba de absorber todas las palabras de la anciana, la cual continuó:

—No está escrito que usted deba seguir escribiendo esas novelas de aventuras si lo que le hace feliz es hacer reír a los demás. Tampoco creo que necesite ir en busca de la fama sin importarle el precio. ¿No ve que solo lo hace porque desea que los demás lo quieran? ¿No ve que tan solo está buscando amor cuando es usted la primera persona que puede y debe entregárselo a sí mismo? ¿Podría el dinero o cualquier otra cosa ayudarle a mitigar ese sentimiento de vacío en el corazón?

—Entiendo que este desierto es una metáfora —dijo Tobías—. Una metáfora de mi propia existencia.

—Ay, no entiendo a estos escritores. Utilizan un lenguaje muy extraño.

—Pues «mitigar» no es una palabra muy común —dijo el hombre en tono humorístico.

—Ah, esa palabra. ¿Dónde la aprendí? —Doña Maru se encogió de hombros.

—No me ha dicho, doña Maru, dónde se dirige. Me siento en deuda con usted y me encantaría poder ayudarla.

—No, mi hijo. Al igual que usted tenía que hacer un largo viaje desde España para pasar la noche en este desierto, yo debo proseguir en solitario. Así debe ser.

—¿Pero hacia dónde va?

Doña Maru relató brevemente los pormenores de su periplo, incluyendo el detalle de la posibilidad de que Elmer fuera un reconocido, aunque anónimo, artista urbano.

—No puedo creérmelo, ¿es usted la abuela de Elmer Expósito? —preguntó el escritor sorprendido.

—Eso parece. ¿Lo conoce usted por casualidad?

—Bueno, no a él personalmente. De hecho, se desconoce su verdadero rostro. No hay fotos, ni registros, ni fichas policiales. Pero su obra ¡es famosa en el mundo entero! Se la enseñaré... —El escritor se puso a escribir algo en el teclado de su móvil—. Vaya, no hay Wi-Fi. Lo siento. Quería enseñarle algún trabajo de Elmer.

—No pasa nada —le disculpó la anciana—. Me dijeron que podría encontrarse en Veracruz, por eso voy hacia allá.

—¿Está segura de que no desea que la acompañe? Sería un honor para mí. —La anciana negó con la cabeza—. Está bien, no insistiré. Se rumorea que una artista norteamericana que decidió retirarse de la vida pública y se escondió en el desierto es la persona que mejor conoce su trabajo, y algunas personas afirman que incluso sabe quién es.

—¿Cómo se llama esa señora?

—Hope Deren.

—¿Dónde se halla?

—Nadie lo sabe.

—No importa. La encontraré —dijo doña Maru con actitud relajada y confiada. Tapó un bostezo con la mano y dijo que tenía sueño—. Mañana nos aguarda un largo día a los dos.

—Sí. Buenas noches, doña Maru.

—Buenas noches, Tobías Lobo.

Dicho lo cual, cerró los ojos y se sumió en un sueño profundo, dispuesta a reparar sus agotados huesos.

8

Un pie en el suelo, una mano en el cielo

Influir en la calidad de nuestra vida es la más elevada de todas las artes.

HENRY DAVID THOREAU

A la mañana siguiente, doña Maru y el escritor se despertaron muy temprano. Era el momento de despedirse. De pie, frente a frente, igual que cuando se habían conocido, se dieron un cálido abrazo. Tobías Lobo llamaría a un taxi y la anciana proseguiría el viaje a lomos de su vieja bicicleta color turquesa. Las calcetas de lana que llevaba a pesar de las altas temperaturas se mantenían en su sitio, algo que alegraba sobremanera a doña Maru.

Antes de marcharse, dio de nuevo las gracias al escritor por la mención de la existencia de Hope Deren y le aconsejó mirar en su interior. Allí estaban todas las respuestas. Mirando dentro con la suficiente atención y cariño, se retiraba el velo que cubría el misterio y el verdadero camino de cada cual salía a la luz. Entonces incluso el mundo exterior se transformaba. Tal y como sucedía cuando a una persona le ponían una escayola y comenzaba a ver un montón de personas escayoladas. ¿Había cambiado el mundo? ¿Se habían multiplicado los escayolados de manera milagrosa? Tan solo había cambiado el modo en que esa persona miraba y aquello sobre lo que posaba su atención.

Esto se extendía a todo.

* * *

—El camino no se piensa ni se dice. El camino se siente —dijo doña Maru antes de alejarse.

Una hoja verde, el sonido de la lluvia al caer, el olor de la hierba, nuestro cuerpo a fecha de hoy, la sonrisa de los seres amados. Todo visto, olido, sentido como la primera vez; como el niño que prueba el limón o la fresa o moja sus pies en el agua fresca del mar por primera vez. La realidad para doña Maru era eso y nada más.

Lo inefable.

* * *

La carretera se extendía monótona. Amarillo, parduzco moteado de verde y calor a ambos lados. Doña Maru pedaleaba con lentitud y determinación, despreocupada.

Entre el azul del cielo y el dorado del suelo comenzó a vislumbrarse algo que flotaba en el aire. Conforme la anciana se acercó pudo distinguir una estructura metálica que sostenía una tela de raso rojo que ondeaba al escaso viento. Se agitaba con elegancia, serpenteando sobre el vacío. Por constituir un elemento tan extravagante y llamativo en mitad de la linealidad del entorno, doña Maru estimó que debía de tratarse de uno de esos *cisnes negros* que merecía la pena considerar.

A medida que se iba aproximando, advirtió que la estructura de hierro y la tela, la casa de madera desgastada, un granero también de madera, unos cactus y mucho metal oxidado estaban cercados por una vieja alambrada desvencijada. No había tierra a su alrededor, solo arena y calor. Doña Maru fue bordeando a pie la alambrada. La bicicleta hacía las veces de bastón. No parecía haber nadie allí dentro, y no habría tenido la menor duda de no ser por la tela, que estaba demasiado nueva y demasiado limpia.

Bajo la tela descansaba un conjunto de colchonetas finas pero de aspecto compacto; ni muy duras, pues esta cualidad las haría inservibles para sus fines, ni muy mullidas, ya que tal circunstancia requeriría un grosor muy superior para poder cumplir con eficacia su función. El tejido que las recubría no estaba muy desgastado, de lo cual se deducía que eran guardadas después de su uso. De lo contrario el sol las habría destrozado.

La anciana alcanzó el punto en el que la verja parecía dar acceso a una puerta grande por donde se debía de acceder al interior de aquella especie de rancho abandonado. Estaba cerrada y no había ningún timbre para llamar. El terreno vallado era tan grande que doña Maru no tuvo claro que su voz pudiera ser oída desde la casa o el granero —ese inexplicable granero en mitad de un desierto mexicano—. Se frotó los labios resecos, se aclaró la garganta y gritó:

—¿Alguien quiere un alfajor chileno?

Aguardó una respuesta. A su mente acudió una pregunta: ¿por qué sus alfajores se mantenían enteros y el relleno no se derretía a pesar de las altas temperaturas? Era una pregunta muy obvia que jamás se había formulado. Sonrió, pues la sorpresa todavía era capaz de alcanzarla de vez en cuando.

Volvió a preguntar.

Sin hacer ruido, una figura surgió de dentro del granero. Se retiró de las orejas unos auriculares color pistacho que llevaba.

Era una mujer de unos cuarenta y cinco años. Alta y muy delgada, morena, con el pelo oscuro y largo, ligeramente rizado. Llevaba puestos unos pantalones de trabajo negros estrechos pero no ajustados, con la cintura casi hasta la altura del pecho y los tobillos remangados ligeramente por encima de los tobillos. Observó desde la distancia a la recién llegada y echó una ojeada a ambos lados. No había peligro a la vista. Se acercó a la puerta.

—¿Qué desea, señora? —dijo con un marcado acento norteamericano.

—He venido a ofrecerle un alfajor.

La mujer la miró con detenimiento.

—¿Un alfajor?

—Un alfajor chileno.

—¿Necesita agua? —preguntó la mujer con desconfianza.

—¿Quién no? —respondió doña Maru.

La mujer morena la invitó a entrar y se ofreció a llevar la bici. La anciana declinó el gesto.

—¿Qué le trae por aquí? —preguntó cuando estuvieron dentro de la casa—. Esto está un poco alejado, ¿no le parece?

—Lejos, cerca, ¿de qué? ¿De dónde?... Estoy de paso.

—Ya veo.

—¿Puedo preguntarle qué es esa tela que hay ahí fuera?

—Es mi tela acrobática —dijo la mujer con los brazos cruzados—. Hago figuras en el aire, como una danza.

—Precioso.

—Lo es. ¿Ha venido hasta aquí en esa bicicleta?

—Sí.

—En ese caso, creo que podré enseñarle un par de trucos —bromeó la mujer.

—Me encantaría, aunque estas calcetas no me lo van a poner nada fácil.

La casa apenas contenía nada en su interior. Un sofá, una mesa con un ordenador portátil encima. Una cámara de fotos. Dos sillas. Un frigo, un hornillo y un fregadero. Unas estanterías con comida. Una cama a la vista. Un armario. Unos cuantos libros apilados en el suelo. Las paredes, en cambio, estaban decoradas con cuadros y fotografías.

—¿Quiere un café? —le ofreció la mujer.

—Se lo agradecería.

Mientras deambulaba por la zona de la cocina, la mujer se encendió un cigarrillo.

—¿Le molesta que fume?

—No —dijo doña Maru—. A mi edad ya no molesta casi nada, salvo el propio cuerpo en ocasiones.

La mujer asintió y dio una larga calada al cigarrillo.

—Me llamo Hope —dijo.

—Lo sé —respondió doña Maru ante la mirada atónita de la americana—. Voy buscando a Elmer Expósito. Alguien me dijo que tal vez usted supiera dónde encontrarle. Me dijo que se llamaba Hope Deren y yo supe que la encontraría.

La americana la miró con sorpresa.

—¿Esa persona le dijo dónde encontrarme?

—No. Me dijo que nadie sabía dónde estaba. Pero yo estaba convencida de que daría con usted.

La cafetera comenzó a bullir. Hope la apartó del fuego y dio otra calada. Echó la ceniza al fregador.

—¿Conoce usted a Elmer Expósito? —preguntó Hope.

—No, aunque soy su abuela.

—Pero eso es...

—¿Imposible? Supe de su existencia no hace mucho. Quiero conocerlo antes de que La Catrina decida llevarme con ella.

Hope sirvió el café a la anciana y permaneció callada.

—Conocí a su madre —dijo finalmente—. Yo me dirigía hacia aquí. Ella huía a los Estados Unidos. Escapaba de, bueno...

—Lo sé: de mi hijo Santiago; él era alcohólico y tenía problemas con las drogas.

—Ella no estaba bien. Coincidimos en una cantina a mitad de camino. Éramos las dos únicas mujeres en la sala. Nos pusimos a beber. Al cabo de unas cuantas copas, ella me contó su vida. Me confesó que tenía un hijo, Elmer, al que había dejado con su padre, Santiago. Años después, un poco por azar, supe que ese chico, ese tal Elmer, era Elmer Expósito. Analizando los elementos de su obra pude atar cabos y deducir que se trataba del mismo muchacho del que me había hablado aquella mujer, cuyo nombre no recuerdo.

—Me entristece que tuviera que escapar de mi hijo.

—No se aflija usted —apuntó Hope antes de dar un trago al café—. Ella no era mucho mejor. Además, ¿qué tipo de madre abandona a su hijo?

Doña Maru pensó en Esmeralda, la joven que encontró con su bebé, también en su propia madre —de la que no guardaba el menor recuerdo— y sonrió. Hope advirtió la expresión en su cara. Le pareció inadecuada, pero no le dio mayor importancia y no dijo nada.

—Lamento haber sido tan brusca —se disculpó Hope—. Hace tiempo que no me relaciono con nadie y supongo que mis habilidades sociales y mi tacto se han deteriorado.

—No importa. ¿Dice usted que conoció a Elmer?

—Desafortunadamente, no.

La anciana agachó ligeramente la cabeza. Se sentía un poco decepcionada.

—No importa —repitió.

—He estudiado la obra de su nieto, créame. Hay muchas

piezas distribuidas por Veracruz y todo apunta a que sigue viviendo allí.

Doña Maru recuperó la calma. Era consciente de que si las señales le estaban conduciendo en la buena dirección, no había razón para temer no encontrarlo. A pesar de la frustración inicial que había supuesto saber que Hope Deren no podía decirle gran cosa acerca del paradero de su nieto, no debía perder la esperanza. El cielo no abandonaba a su suerte a los puros de corazón.

Por otra parte, doña Maru tenía muy presente que el suyo no era un camino solitario: tan importante como aquello que recibía era lo que daba.

—¿Qué le hizo a usted venir a este desierto? —preguntó.

—Quería encontrarme a mí misma, escuchar mi propia voz —respondió Hope—. En mi país era una artista muy conocida. Todos los días tenía que asistir a algún evento, la prensa estaba pendiente de mí... No sé, supongo que me cansé de todo eso.

—Pensaba que a ustedes los artistas les encantaba que se hablara de su trabajo.

Hope esbozó una media sonrisa triste. Había algo de nostalgia en su rostro, como si en el fondo lamentase haber tomado la decisión de desaparecer. Como si se arrepintiera. Como si las cosas no hubieran salido según lo previsto.

—Supongo que sí —dijo sin más.

—¿Ha dejado de trabajar?

—Un artista nunca puede dejar de trabajar. No es una profesión cualquiera. Es más, diría que no es una profesión en absoluto, más bien una forma de vida. Un artista necesita crear casi tanto como respirar. La única diferencia es que ahora muestro mi obra a través de Internet y las redes sociales, protegiendo mi intimidad.

Doña Maru pensó en lo importante que resultaba el virtual mundo del ciberespacio para las generaciones más jóvenes.

—¿Esa tela que tiene ahí fuera formaba parte de sus espectáculos?

—No —contestó la artista recuperando la compostura—. Vi unos vídeos en la red y me pareció interesante. Cuando llegué aquí decidí montar la estructura que ha visto y colgarla. Veo que tiene gran interés. ¿Querría usted ver cómo es?

—Por supuesto —respondió la anciana con gran regocijo—. Pero antes, un alfajor. —Le ofreció un dulce a Hope, quien lo aceptó con gusto.

—Un segundo. Necesito ponerme ropa más apropiada.

Sin ningún pudor, se quitó el estrecho pantalón de trabajo, dejando ver su ropa interior. Sacó del cajón del armario unas medias de rejilla y un *maillot* negro de *ballet* clásico y se lo puso encima.

—¡Lista! ¡Vayamos fuera!

El sol golpeó los ojos de las dos mujeres cuando salieron de la casa de madera. Ambas, en un gesto instintivo, se llevaron la mano a la frente, formando una especie de visera.

Por el camino, doña Maru preguntó:

—¿No es este un sitio peligroso para una mujer sola?

—Si he de ser sincera, es usted la primera persona que pasa por aquí desde que me mudé.

—¿En serio?

—Así es. Incluso la estructura metálica de la que pende la tela la fabriqué yo misma con trozos de metal que había por aquí tirados.

—¿A quién pertenecía esto?

—Ni idea. Se lo compré a un tipo en Norteamérica.

Hope Deren trepó por la tela de raso rojo hasta elevarse a una altura de casi seis metros. Lo hizo con gracilidad y precisión.

Su cuerpo apenas parecía estar realizando esfuerzo alguno. Comenzó a hacer figuras. Una se asemejaba a un Cristo, otra a un Buda, en otras se colocaba cabeza abajo o se desplomaba unos metros en caída libre.

—¿Quiere probar? —preguntó Hope desde lo alto.

—Prefiero verla a usted. Es muy hermoso lo que hace.

La acróbata permaneció volando unos minutos. Después bajó deslizándose por la tela. Doña Maru aplaudió emocionada. Era como si hubiese vuelto a ser una niña.

—Muchas gracias. Hace calor y no quiero que a ninguna de las dos nos dé una insolación. ¿Le apetece pasar la noche aquí?

—Será un placer —dijo la anciana.

Hope Deren le enseñó su estudio, ubicado en el granero. Allí guardaba pinturas, trozos de madera y metal, trastos y más trastos... Un desorden que solo ella comprendía, para quien tenía sentido y desde donde creaba sus cotizadas obras de arte.

Durante toda la tarde estuvieron charlando acerca de sus respectivas vidas. Doña Maru tendía más a escuchar que a hablar, pero no tuvo reparo alguno en compartir con la mujer más joven parte de su historia personal. Le habló de Santiago, de la infancia de su hijo y de la suya propia. Llegó incluso a contarle cómo se había quedado embarazada de él.

—Menudo cerdo —dijo Hope refiriéndose a don Humberto.

—No le culpo ni le guardo rencor —dijo la vieja—. Por supuesto que no lo justifico, pero cada persona en esta vida hace lo que puede con las cartas que la vida reparte. He llegado a la conclusión de que solo hay dos formas de actuar en la vida: dar amor o pedir amor. El odio, la violencia, la falta de respeto, el acoso y el resto de conductas inapropiadas son, en el fondo, llamadas desesperadas, peticiones angustiadas de amor.

—¿Y para eso es necesario dañar a los demás?

—El mundo no es perfecto, mi querida Hope. Años más tarde me enteré de que don Humberto se había arruinado. Su esposa, doña María Fernanda, había fallecido antes. No tuvieron hijos. Imagino que las cosas se complicarían, tomaría algunas decisiones equivocadas y...

—Justicia poética —añadió la americana dando una calada a otro cigarrillo.

—Hizo lo que pudo, teniendo en cuenta sus circunstancias. No juzgo a nadie.

—Aun así, repito que fue un miserable.

Doña Maru no dijo nada.

—Me gusta eso que hace usted en la tela. Una mano en el cielo y un pie en el suelo. Si don Humberto hubiera seguido su ejemplo, tal vez no habría acabado solo y en bancarrota.

—¿Qué quiere decir?

—He visto a muchos soñadores perderlo todo. También a mucha gente que debido a la necesidad se vio empujada a emprender algo, un negocio o lo que fuera, pero sin utilizar la cabeza.

—Emprender... A muchas personas les han llenado la cabeza con ese tema: sé tú mismo, arriesga, atrévete, no vivas una vida que no deseas, funda tu propia empresa, tú puedes... Casi todos se estrellan.

La anciana la miró sin entender muy bien a qué se refería.

—Se dice que en el antiguo Oeste, el de los gringos, pocos fueron los que se hicieron ricos con el oro. Los que hicieron fortuna de verdad fueron aquellos que les vendían los picos y las palas. —Las dos mujeres rieron—. Yo sí pienso que hay que perseguir los sueños, pero con cabeza. Es igual que las telas acrobáticas: aunque flotes en el aire, mantienes un punto de apoyo, pones una colchoneta en el suelo. Te proteges. De ese modo, si algo sale mal, el golpe será menor, ¿no es cierto?

—Acaba usted de describirlo a la perfección.

—Hay personas que parecen creer que pueden conseguir lo que quieran con solo chasquear los dedos. Así, como si fuera un truco de magia. Pero sin un poco de esfuerzo no se obtiene nada. Claro que hay que tener fe: yo tengo fe en que venderé todos mis alfajores y en que encontraré a Elmer, pero eso no me libra de tener que cocinarlos o de recorrer largas distancias en bicicleta.

—Hope asintió en silencio.

»Internet y todos esos inventos nos han hecho creer que vivimos aislados. Aislados los unos de los otros y aislados de la realidad. Nuestra forma de relacionarnos es superficial, ya que nos relacionamos con sombras, con sustitutos de personas, con fotos retocadas, con historias adornadas. Pero la realidad es sucia: huele a mierda y a orines. También a flores y a dulce de leche, pero no se parece a la sala de operaciones del hospital que nos han vendido. ¿Qué opina usted?

—Nos necesitamos los unos a los otros —intervino Hope.

—Así es. A mí me encanta la soledad y paso la mayor parte del tiempo yo sola. ¡Ni siquiera volví a estar con otro hombre después de don Humberto! Ni antes tampoco, la verdad. Nunca lo he necesitado. Pero sí necesito a los demás. No podemos vivir apartados de todo, Hope. Yo lo hice de manera forzosa cuando era casi una niña y, ¿sabe?, al final el diálogo conmigo misma se agotaba. Ya no había nada de que hablar. Nuestro mundo interior se hace más rico conforme lo compartimos con los demás, ¿lo entiende?

Hope sopesó las palabras de la anciana.

—Todo el mundo piensa que los budistas siempre quieren hacerse monjes y alejarse de todo, pero los discípulos más sensatos saben que deben regresar al mundo de lo cotidiano, a la sociedad —dijo Hope.

—No sé lo que es un budista, pero ya me caen bien.

Hope le regaló una sonrisa.

—Y ahora bien —prosiguió la anciana—, si lo tiene tan claro, ¿qué hace aquí todavía? ¿De qué se esconde? ¿Qué teme? ¿Le asusta admitir que quizá fue una locura aislarse en el desierto, que no era necesario? El arrepentimiento es como el mordisco de un perro a una piedra: una tontería.

»Los libros, la sabiduría, las ideas, las buenas intenciones, las creencias, no sirven de nada si no se pasa a la acción, si no se ponen en práctica y se comparten.

—¿Y cómo sabe una si ha tomado la decisión correcta?

—Al final todo se resume a preguntarse por las consecuencias: ¿es lo que quería de verdad? ¿Estoy dispuesta a aceptar todas las consecuencias que traerá consigo? ¿Querré lo que traerá consigo dentro de diez minutos, dentro de diez meses, dentro de diez años? La decisión correcta es la decisión responsable; responsable para con los demás y para con nosotros mismos.

La artista rumiaba las palabras de doña Maru.

—Es bueno escuchar nuestra voz interior —añadió la anciana—, siempre que esa voz interior se halle en perpetuo diálogo con todo lo que la rodea.

—Admito que quizá me haya dejado atrapar por el solipsismo —reconoció Hope.

—¿Solip qué?

—La creencia en que solo existimos nosotros. O mejor dicho, que solo existo *yo*.

—Es una creencia absurda y un gran error, pero explica muchos de los disparates que el ser humano comete una y otra vez.

—Doña Maru negaba con la cabeza mientras Hope decía estas palabras.

Poco a poco fue cayendo la tarde. Hope preparó unas verduras a la plancha a la hora de la cena. Era vegetariana. La artista entendió el viejo dicho según el cual ganar sin ayudar a los demás es perder. Se había mudado a ese rancho en mitad del desierto huyendo de lo único que nadie puede escapar: de una misma. En lugar de expresar gratitud por el éxito que había cosechado y tratar de establecer una medida que le permitiera gozar de lo alcanzado sin poner en peligro su esencia, se había refugiado en la tierra de nadie, aislándose.

En realidad se había volcado en el mundo ilusorio de Internet, en el egocentrismo enmascarado, perdiendo el contacto con el resto de su especie y la naturaleza en su conjunto. Todo para estar igual de atareada, de estresada y pendiente del impacto que su vida exhibida, expuesta, virtualizada, tenía en los demás. Todo para estar como antes, pero sola.

Había llegado la hora de poner su sabiduría al servicio de los demás y no solo de su propia persona.

—Si quiere, mañana puedo llevarla hasta Veracruz en la camioneta. Será un placer.

—Se lo agradezco, Hope, pero debo seguir en solitario. Sé que usted lo entiende sin necesidad de demasiadas explicaciones.

—No insistiré —dijo la norteamericana—. Lo entiendo.

—Me ha dicho que había estudiado el trabajo de Elmer. ¿Qué cree que quiere decir a través de su obra?

—Espere un segundo, quizá pueda enseñarle una muestra… —Hope cogió el portátil—. Vaya, no hay conexión. Siempre el maldito Internet. Funciona cuando quiere.

—No se preocupe. Simplemente dígame qué piensa usted.

La artista resopló, como si así pudiera aclarar sus ideas y emplear un lenguaje más preciso y a la vez accesible para la anciana.

—Es difícil determinarlo, pero sí puedo decirle que en su obra se ha producido un cambio. En mi opinión, se trata de una búsqueda del amor y una manifestación del perdón. Elmer ya no guarda rencor a nadie ni a nada. Creo que solo busca transmitir un mensaje de esperanza.

—Esperanza...

Cuando doña Maru hubo dicho estas palabras, el cielo se abrió a miles de estrellas. La anciana formó un círculo con el dedo, siguiendo la senda trazada por un grupo de estrellas, y sonrió.

—Mañana me aguarda un largo viaje. Será mejor que me retire.

A pesar de la insistencia de Hope, doña Maru no quiso dormir en la cama ni en el sofá. Prefirió extender su sábana en el porche.

—Un poco de hambre y un poco de frío, así habría que educar a los niños y a los mayores —dijo con una sonrisa—. Buenas noches, Hope Deren. Y muchas gracias por su hospitalidad. Estoy segura de que encontrará el camino de vuelta.

—¿De vuelta a dónde?

—A usted misma.

—No pierdo la esperanza —dijo Hope. Tras decirlo, se mordió la parte interna del carrillo izquierdo. Lo había comprendido a la perfección.

Doña Maru cerró los ojos y el mundo siguió su danza loca e incesante, ajeno al reposo de la anciana. Ajeno a su ausencia. Ajeno a su presencia. Pero sin perderla de vista y sin dejar de necesitarla, al igual que al resto de los seres que danzaban sin fin.

9

Recoger los frutos de lo cosechado, ayudar a los que vienen detrás. Amor, compasión y generosidad: el secreto de la eterna juventud

> *Cuando, debido al egocentrismo, centramos la visión en nosotros mismos, hasta un problema pequeño resulta intolerable.*
>
> DALÁI LAMA

Antes de marcharse, doña Maru prometió a Hope que le presentaría a Elmer si ella lograba encontrarlo.

—Estoy segura de que lo conseguirá —dijo la norteamericana en la puerta del rancho.

—Gracias por su confianza y su hospitalidad.

La anciana se fundió con el polvo del camino hasta desaparecer. Hasta ese momento, la artista permaneció de pie, observando cómo se alejaba.

Bajo el sol, con las calcetas cubriéndole las pantorrillas, doña Maru pedaleó durante dos o tres horas. Sumida en el viaje, saludando a las pocas personas con las que se cruzaba —casi todas ellas gente trabajadora—, sonriendo y teniendo plena fe en que antes o después acabaría localizando a Elmer, no se sintió fatigada.

La visión de una cantina a la orilla del camino le hizo pensar que no le vendría mal descansar un poco y beber algo. Aparcó la bicicleta en la puerta y accedió al interior. El establecimiento estaba poco concurrido. De hecho, tan solo había un camarero con aspecto de cansado y un señor de unos cincuenta años de espaldas a la puerta, sentado sobre un taburete, con los brazos apoyados sobre la barra y la cabeza ligeramente inclinada hacia delante. Doña Maru había visto a muchas personas en esa posición a lo largo de su vida. Era la típica pose de bebedor solitario al que el alcohol empezaba a embotar la mente y el corazón.

El cantinero le lanzó una larga pero despreocupada mirada cuando entró. Se diría que los ojos de ese hombre ya lo habían visto todo, y resultaba muy difícil sorprenderle. El señor de la camisa blanca y el pelo encanecido no se dio cuenta de la llegada de otra persona. Doña Maru se acercó a la barra, saludó y pidió un poco de agua. El hombre de la camisa se giró hacia ella y la contempló sin ningún pudor.

—¿Ha venido a tomar una copa, señora? Yo invito.

—No, no. Yo no bebo alcohol, pero muchas gracias. Llevo pedaleando desde esta mañana y quería refrescarme.

—¿Ha llegado en bici hasta este lugar?

—Así es, señor. ¿Y usted? No he visto ningún coche en la puerta.

El hombre chasqueó la lengua. No tardaría demasiado en comenzar a trabarse. Tenía un vaso de mezcal sujeto entre las manos. Doña Maru podía olerlo.

—Me ha traído mi chófer. Le he pedido que viniera a recogerme luego. No me apetecía que nadie viera el coche en la puerta.

El camarero dejó el vaso de agua en la barra con cierta desgana y dijo:

—Aquí tiene, señora.

—Muchas gracias.

—¿Qué hace en este maldito lugar? —preguntó el bebedor.

—Estoy segura de que su historia es mucho más interesante —repuso la anciana.

—Mi historia es un asco —dijo el hombre alzando el vaso—. Es la historia de un viejo con la cuenta bancaria repleta de dinero y que ha acabado borracho y solo en un tugurio perdido en el desierto. ¿Qué le parece?

—He escuchado cosas más tristes —respondió la anciana.

—¿Qué puede ser más deprimente que la vejez y la soledad?

—¿Qué otra cosa habría preferido usted que fuera su vida? Porque de la vejez nadie escapa, aunque a usted le queda todavía mucho para alcanzarla —dijo con una sonrisa que no halló respuesta en su interlocutor—, y solo nunca se está.

—He trabajado desde que era casi un niño —reconoció el bebedor entre vapores etílicos—. Mi padre nos abandonó y tuve que hacerme cargo de la familia. Seguro que ha escuchado usted miles de historias similares.

—Por desgracia, no es muy original.

—¿Seguro que no quiere una copa?

—No.

—¿Va a decirme que tampoco yo debería beber?

—No.

—Se lo agradezco.

—¿Le apetecería a usted tomar un alfajor?

El hombre dio otro sorbo al mezcal.

—Tal vez se pregunte usted qué hago aquí en lugar de estar disfrutando de mi dinero —prosiguió sin responder a la pregunta de la vieja. Doña Maru sabía que lo que ella dijera sería del todo irrelevante y que ese hombre quería desahogarse sin más.

De modo que no dijo nada—. Quiero más dinero. Esa es la razón por la que estoy aquí.

—¿Más dinero para qué?

—Para no pensar en que soy tan pobre que solo tengo dinero.

—Yo no entiendo mucho de negocios —dijo doña Maru—, pero dudo mucho que pueda hacer más dinero aquí.

—El dinero está en todas partes, es un estado mental. Pero ahora solo pienso en beber. Quiero detener mi mente, encontrar un momento de calma, aunque sea castigándome de esta manera.

—¿Tiene usted familia?

—Estuve casado, pero mi mujer me dejó hace años. No la culpo, la verdad. Nunca estaba con ella y cuando estaba no la trataba bien. La típica historia. Lamento no tener una vida más original —se disculpó con una lengua de trapo.

—Si ha sido capaz de amasar tanto dinero, ¿no piensa que puede lograr otras cosas?

—¿Cómo dice?

—Usted puso toda su intención en ganar dinero y lo consiguió. ¿No piensa que ese deseo intenso es lo que hizo que usted se convirtiera en quien es a fecha de hoy? De todo lo que hay en este mundo, usted se centró en una cosa, y dio los pasos necesarios para lograrlo. Es como si, al menos en parte, usted mismo hubiera *construido* su propio mundo. ¿Acaso no sucedería lo mismo si hiciese lo mismo con cualquier otro asunto, con cualquier otra meta? En realidad, podemos cambiar el mundo que vemos cambiando el modo en que lo vemos.

—No estoy de acuerdo, señora. El mundo es el que es al margen de lo que nosotros pensemos al respecto.

—Hay cosas que escapan a nuestro poder, por supuesto. Pero siempre podemos elegir el modo en que respondemos a lo que nos sucede. Eso es lo único que podemos hacer. Y no es poco.

—¿Y qué puede hacer un viejo como yo con los años que se le han escurrido como arena entre los dedos?

—¿A qué se dedica usted?

—Compro cosas y las vendo.

—Según dice usted, se le da bastante bien, ¿no es cierto?

—Así es.

—¿Por qué no enseña a los que vienen detrás el modo de mejorar su situación? ¿Por qué no ayuda a los más jóvenes?

—¿Cómo podría yo hacerlo? —preguntó el hombre con una mueca de cansancio.

—No lo sé: haga donaciones, escriba un libro, hable con ellos. Ahora puede compartir sus conocimientos a través de un *blog*...

—Un *blog*... —El hombre sonrió al oír esa palabra en boca de una señora tan mayor—. ¿Para qué querría yo ser mentor de nadie? ¿Por qué iba a querer revelar mis secretos? ¡Solo un estúpido haría algo así! Si ellos ganan más, yo perderé. Los bienes son rivales: si uno los tiene, otro no.

Doña Maru sonrió y negó con la cabeza muy despacio.

—Las cosas no son exactamente así. Hay de todo para todos. El que más da más tiene.

—Una paradoja interesante —señaló el empresario.

La anciana no entendió qué quería decir con eso de «paradoja», pero no lo interrumpió.

—A partir de cierto momento de la vida, una persona recoge los frutos de lo que ha ido cosechando. En ese punto puede hacer dos cosas: guardarlo para sí o repartir. Aunque debe saber que ganar sin ayudar es perder, ¿lo comprende usted?

—Me temo que no soy tan «buen samaritano».

—Puede empezar a serlo hoy mismo.

—Es demasiado tarde —se lamentó el hombre.

—Todo lo contrario —dijo doña Maru—. Cuanto más ayude a los demás, cuanto más comparta con ellos su sabiduría, más se ayudará a sí mismo, y más aprenderá. Y mientras siga usted aprendiendo, se mantendrá joven. Ese es el secreto de la eterna juventud. Puede que su cuerpo se deteriore, como el de cualquier ser viviente, pero su espíritu no envejecerá jamás y la decadencia del cuerpo ni siquiera supondrá una preocupación para usted. Estará pendiente de cosas más importantes.

—¿Qué puede ser para mí más importante que yo mismo?

—Sembrar para las generaciones venideras, yendo así más allá de los límites de su persona. De los diminutos límites que nos encierran a cada uno de nosotros por separado. ¿No quiere crecer de verdad? Incluso si usted es tan egoísta que solo piensa en sí mismo, de este modo puede llegar más lejos, ir más allá del tiempo y de los límites que cree que su cuerpo le impone.

—Nunca había oído una defensa así del egoísmo —dijo el hombre sonriendo tristemente.

—No defiendo el egoísmo. Lo que quiero decirle es que ni siendo egoísta puede evitar crecer si así lo desea. —Hizo una pausa para beber un poco de agua y sonreír—. Obviamente, conforme usted fuera avanzando comprendería el significado real de lo que le estoy diciendo, entendería lo absurdo que es mirar solo por uno, abandonaría el egoísmo y sabría lo que es la verdadera felicidad. El único modo de crecer de verdad es compartir. Suena raro, pero es así. Un árbol ofrece sus frutos conforme va creciendo. Nos los entrega a cambio de nada.

El hombre advirtió que el contenido de su vaso se había agotado y estuvo tentado de pedir otra copa. Se resistió.

—Por supuesto, siempre puede seguir actuando como hasta ahora y anestesiarse en cantinas como esta —señaló doña Maru.

El empresario agachó un poco la cabeza, pero no se sentía culpable, sino que reflexionaba sobre lo que la mujer le estaba diciendo.

—¿Imagina cómo sería el mundo si los jóvenes se preocupasen por los niños más pequeños, los mayores por los adolescentes, las personas maduras por quienes vienen detrás y así sucesivamente? Los ancianos serían una fuente de sabiduría y no un estorbo. Habría menos violencia en el mundo, y menos ansiedad. No sé quién nos metió en la cabeza que solo podemos avanzar compitiendo y buscando nuestro único beneficio.

—Seguro que fue algún dios —dijo con sorna el bebedor.

—Dudo mucho que ningún dios que mereciera la pena quisiera algo así para sus hijos.

El hombre asintió con la cabeza.

—En ese caso, sería el dios dinero.

—Saque usted sus propias conclusiones —sentenció doña Maru echando un vistazo a su alrededor.

—¿Qué ha venido a hacer por aquí? ¿Ser mi *Pepito Grillo*?

La anciana sonrió.

—A veces una piensa que su propósito es hacer tal o cual cosa, pero luego se da cuenta de que no. De modo que no me sorprendería que haya venido precisamente a eso. En estos momentos, parece que necesita usted un empujón. Supongo que se encuentra en esa etapa de la vida en que una persona hace balance. ¿Era este el lugar al que quería llegar? ¿Qué habría pasado de haber tomado otro camino? ¿Soy feliz? ¿Cuándo y cómo moriré?

A pesar de que lo que ella experimentó a los cincuenta fue que sus pensamientos se fueron haciendo cada vez más esporádicos, sabía que los hombres y las mujeres, al alcanzar el ecuador de la vida, se formulaban ese tipo de preguntas. Éxito y fracaso ocupaban sus mentes. Eso y un etéreo pero constante temor a la muerte.

La duda de si habían aprovechado el tiempo los hacía temer el fin. ¿Qué quedaba entonces aparte de los achaques y los temores? Para la anciana la respuesta estaba muy clara: existía un modo no de detener el paso del tiempo, pero sí de habitar un tiempo en el que los efectos colaterales no supusiesen un quebradero de cabeza. La clave residía en seguir aprendiendo y nutriéndose de la experiencia de los más jóvenes mientras se impulsaba su carrera. Las grandes estrellas del rock lo tenían muy claro: cuando un talento emergía no dudaban en colaborar con él o «apadrinarlo». De ese modo se generaba una situación en la que ambas partas salían beneficiadas.

Muchas personas suponían que eran víctimas de las circunstancias, afirmando, como hiciera el bebedor, que el mundo era siempre el mismo con independencia de cómo lo vieran o sintieran —y, por supuesto, ese mismo mundo era el causante de todos los males que sufrían—. Cualquier otro enfoque era considerado magia por parte de la mayoría; palabrería para llenar libros de autoayuda —que ella no sabía leer— o recetas mágicas para convencer a la gente, especialmente en épocas revueltas, de que podía conseguir lo que quisiera sin mover un dedo.

Para doña Maru, sin embargo, no había magia en el proceso. Lo único que había que hacer era saber lo que uno quería (o, como poco, lo que *no* quería), confiar en que lo conseguiría y, sobre todo, ponerse en marcha. El resto ya se vería.

Nada de magia, solo una actuación guiada por la razón y las emociones bien templadas. Si alguien pensaba que no iba a conseguir algo, ¿para qué actuar? ¿Para tener luego que admitir que se había equivocado? ¿No resultaba más sencillo dejarse arrastrar por la bola de nieve que suponía la perseverancia en el error?

Ciertamente, resultaba más fácil sabotearse. Y eso era lo que la mayoría hacía, incluso sin saberlo.

Del pesimismo no puede surgir nada satisfactorio.

—Antes me ha preguntado cómo me habría gustado que fuera mi vida —dijo el empresario.

—Sí.

—Siempre pensé que formaría una familia como la que yo no tuve, que tendría una forma de vida holgada, y que podría permitirme algún que otro capricho. Me gusta el lujo.

—¿Acaso no lo consiguió?

—Todo lo contrario. No tuvimos hijos, mi mujer, harta de mí, prefirió dar por finalizado nuestro matrimonio. Yo vivía volcado en mis negocios, incapaz de disfrutar de los frutos de mi trabajo. Imagino que cambié medios por fines...

—¿Qué quiere decir?

—Antepuse los logros materiales a mis sueños de juventud. A pesar de que pueda pasar por un hombre de éxito, lo cierto es que soy un fracaso.

—No puede ser un fracaso cuando ha saboreado el triunfo. Si ha sido capaz de lograrlo, puede conseguir lo que se proponga. Es como montar en bici: si pasas de hacer una cosa que no sabías a otra que sí, hay esperanza. ¿Sabe montar en bicicleta?

—Claro —dijo el hombre sonriendo.

—¿Recuerda cómo se sentía? ¿No eran ganas, ilusión, temor, constancia, afán de superación, creencia de que esa nueva habilidad haría que su universo creciera?

Los ojos del hombre se humedecieron.

—Se nos olvida al crecer —acertó a decir.

—Ese es el problema. Olvidamos lo que ya sabíamos y tenemos que volver a aprenderlo, como si acabásemos de salir del...

—... Coma —completó el bebedor—. ¿Me dirá ahora qué la trae por aquí? —repitió el hombre.

Doña Maru le contó a grandes rasgos su aventura y las cosas que había aprendido a lo largo del camino. El hombre le dijo que nunca había oído hablar de su nieto, que no era muy aficionado al arte, pero que compraría alguna obra suya. Le parecía un buen modo de comenzar a apoyar a los nuevos talentos.

—Mi chófer no tardará. Puedo llevarla donde usted desee.

—Se lo agradezco mucho, señor, pero preferiría seguir en mi bicicleta. Tengo la impresión de que todavía me quedan un par de trucos por aprender por el camino —dijo la vieja con una sonrisa.

—No voy a darle consejos a una señora de su edad, pero tenga cuidado.

—Lo tendré.

—Y ahora, ¿puedo tomar uno de esos alfajores que me ha ofrecido antes?

—Faltaría más.

Doña Maru extrajo un pequeño alfajor del bolsillo de su delantal y el hombre lo comió despacio, saboreándolo.

—Está delicioso.

—Gracias. Ha dicho que no le gusta el arte. Yo tampoco entiendo mucho de arte, pero sí me gusta apreciar la belleza. Todos los días contemplo el amanecer o una cosa bella sin finalidad alguna. Solo por gozar de la belleza que nos rodea. Me olvido de mí. Sí, es importante rodearse de cosas hermosas. La belleza está por encima del lujo, pues no tiene otra finalidad más allá de sí misma. Está por encima de cualquiera de nosotros y, sin embargo, nos alegra el corazón sin pedir nada a cambio.

El hombre asintió.

—Me llamo Ernesto Borrón.

—Yo doña Maru. Encantada.

Se oyó un claxon.

—Tengo que marcharme. Ha sido un placer conocerla.

—Lo mismo digo.

El hombre le acarició el brazo a la anciana y le dijo:

—No deje de pedalear, doña Maru.

La mujer le regaló una sonrisa y el hombre abandonó el local tratando de guardar la compostura aunque sin dejar de tambalearse.

El camarero retiró el vaso del empresario y pasó un trapo por la barra. Sonaba música regional a través de unos pequeños altavoces colgados en la pared.

La anciana permaneció sentada en silencio unos minutos.

10
Sé tú. ¡No te queda otra!

*¡Soy lo que soy, y eso es todo lo que soy! (I Yam what I
Yam, an´ tha´s all I Yam!)*

POPEYE EL MARINO

Doña Maru soñó con su etapa en el orfanato. Se vio a sí misma
siendo una niña rebelde y nerviosa. Se vio embarazada y sin
rumbo. Vivió como una hoja y vio que el mundo era bueno. El
mal era producto del velo que cubría los ojos de aquellos que
pedían amor de formas dementes e inadecuadas. Se vio quitán-
dose un velo negro de los ojos. Debía tener veintiséis años. Su
rostro estaba iluminado por la luz del sol. Vio un pequeño alfajor chileno, el dulce que la conectaba con su origen, con sus
raíces —las que fueron arrancadas antes de afianzarse— y con
su infancia. Tomó el alfajor y despertó.

Ser uno mismo es recordar la verdadera naturaleza propia.

Estaba amaneciendo. La anciana había acampado a la orilla
del camino. Después de respirar en silencio de cara al horizonte,
tal y como era su costumbre, se dispuso a hacer su pequeño
equipaje cuando el maullido de un gato llamó su atención.

—Un gato —dijo en voz alta—. Qué extraño encontrar un
gato aquí.

Miró a su alrededor y no vio nada.

Pero el maullido se repitió. La anciana meneó la cabeza y siguió recogiendo sus cosas. Otro maullido, más cercano, más agudo, más desgarrador. Doña Maru puso los brazos en jarras y oteó el horizonte.

—¿Cómo es posible que haya dado con mis huesos en los únicos desiertos que debe de haber en toda la región?

De detrás del único cactus a la vista surgió despreocupado un delgado gato negro. Era plenamente consciente de la presencia de la humana y deseaba aproximarse. Lo hizo a ritmo pausado, seductor, decidido.

—¿Pero qué hace un animalito como tú en este páramo? —le preguntó la abuela.

A modo de respuesta, el gato se acercó todavía más y comenzó a ronronear.

La anciana se preguntó de dónde le venía esa seguridad al gato. Las condiciones eran desfavorables para él, se hallaba en un hábitat que no le correspondía. Podría incluso decirse que estaba en peligro potencial. Pero el animal no lo sabía. No vivía en un mundo regido por las leyes de causa y efecto, por la estadística, por la separación radical de pasado y futuro —estando, por lo general, dicho futuro determinado por el pasado—. Por el contrario, el gato habitaba un universo de bendita ignorancia que le permitía vivir de manera plena el presente. No sabía quién era, pero no dejaba de ser él; parecía perezoso, pero estaba en alerta constante (como un rayo en mitad de una tormenta: quieto hasta que te fulminaba en menos de un segundo).

Para doña Maru, los gatos eran seres mágicos, criaturas espiritualmente superiores, más evolucionadas. Ella albergaba la creencia de que eran capaces de ejercer control mental sobre otros seres, incluidos los humanos, e imponer su voluntad. Sabedores de su naturaleza líder y dominante a pesar de permanecer perezosos. No tenían nada que demostrar, al igual que un oso no necesita ponerse en pie para impresionar a una ardilla. Protectores de su territorio, de sus crías, pero alejados de la manada. Como un monje de Shaolin que medita y practica artes marciales a partes iguales.

La anciana vertió un poco de agua en el tapón de la cantimplora y lo dejó en el suelo para que el animal pudiera beber.

—Lamento no tener un recipiente más grande —le dijo.

Mientras contemplaba cómo bebía, doña Maru descubrió que el gato era, en realidad, una gata.

—Una gatita preciosa —dijo casi para sus adentros.

Cuando la gata estuvo saciada, la vieja enjuagó el tapón y esperó a que la pequeña felina se marchara. En lugar de eso, el animal comenzó a rodear la bici frotándose el lomo con ella, dejando claro que se trataba de una «posesión» suya. Hasta que al final optó por saltar a la cesta delantera y volver a ronronear.

—No puedes venir conmigo. Yo no sé nada de gatos...

La gata no se inmutó. Se había acomodado y se lamía las patas con su pequeña y rosada lengua rasposa.

—Ah, ya sé lo que quieres —dijo la anciana—. Quieres que te lleve lejos de este desierto. ¡Eso sí puedo hacerlo!

Estaba feliz de poder ayudar al animalito y no le desagradaba la compañía, por mucho que no soliera necesitarla. Subió a la bici y comenzó a pedalear.

—¿Cómo habrás llegado hasta aquí? —preguntó en voz alta.

Doña Maru llevaba recorrida la mitad del camino aproximadamente. Manteniendo los ojos y el corazón abiertos no había necesitado mapas ni indicaciones precisas. Bueno, no los mapas e indicaciones a los que recurrían las personas de manera habitual, pero sí las señales que normalmente pasaban desapercibidas para la mayoría.

La anciana sabía que la intuición, aunque no emplease esa palabra, era una forma de resumir una cantidad enorme de información procedente de diversas fuentes que llegaba a la conciencia antes de que la mente elaborase complejos cálculos y la filtrase de acuerdo a los parámetros aprendidos. La intuición era la impresión pura antes de convertirse en pensamiento elaborado. Incluía aspectos racionales y emocionales, lo que la hacía más rápida, potente y afilada que los viciados constructos de la mente. Pero también resultaba más difícil de justificar y, en un mundo que había convertido a la ciencia en un nuevo dios, se había dejado de lado en favor de otros esquemas y modelos más cuantificables y demostrables.

Por otra parte, la intuición debía practicarse. Paso a paso, abriendo los ojos, las orejas, las tripas y, sobre todo, cerrando la boca. No convenía confundir intuición con fantasías. Estas seguían siendo una elaboración de la mente, mientras que la primera se asemejaba más al zarpazo... de un gato.

Mientras tanto, la gatita del desierto dormitaba en la cesta.

Al igual que el escritor de ciencia ficción Robert A. Heinlein, doña Maru pensaba que las mujeres y los gatos harían lo que quisieran, y los hombres y los perros deberían relajarse y acostumbrarse a esta idea. Tal vez estuviera equivocada, pero era lo que creía. Y no tenía la menor intención ni de comprobarlo ni de llevarle la contraria al animalito.

Doña Maru hizo recuento de las personas a las que había conocido en los últimos días. Sin proponérselo, advirtió un nexo común entre todas ellas, un rasgo que presentaban sin excepción: un excesivo apego a su yo y una cierta tendencia al infantilismo. En cierto modo, habían construido una armadura para protegerse del dolor, mas dicha armadura de lo que los separaba era de la realidad.

El origen de la mayor parte de sus conflictos residía en la diferencia entre lo que eran en realidad, lo que creían que eran y lo que imaginaban que el mundo pensaba que eran. La separación con respecto a ellos mismos y a los demás constituía el verdadero problema. Tan solo conciliando la verdadera naturaleza con la visión que de ella se tenía, el problema se disolvía, pues ¿quién podría enfadarse con una silla porque esta sirviera para sentarse? ¿Y con una guitarra por hacer música? A pesar de la sencillez de este planteamiento, la mayor parte de las personas trataba de utilizar la silla o la guitarra para clavar clavos en la pared y luego se enfadaba porque no conseguía el resultado esperado.

La primera tarea consistía, por tanto, en saber cuál era su verdadera naturaleza.

La anciana echó una ojeada a la gata y sonrió. Ella sabía de manera natural algo que muchos maestros de la antigüedad —especialmente los orientales— habían tratado de transmitir a sus discípulos. No era un secreto, si bien muy pocos terminaban por asumirlo. El concepto era muy sencillo, la verdad que se escondía detrás del mundo de las apariencias era nítida: no había ningún yo que proteger. Todos los seres estaban sujetos al cambio incesante y, en consecuencia, estaban compuestos de instantes. Solo la ilusión permitía que la especie humana atribuyera continuidad y coherencia a los mismos.

¿Significaba esto que, en el fondo, nada era estable y que todo estaba abocado de manera inevitable al caos? La gata se revolvió con suavidad. ¿Necesitaba el animal ser consciente de la linealidad de cada uno de los momentos que conformaban su existencia? ¿Tenía que planificar el futuro de manera obsesiva? ¿Necesitaba una identidad? ¿Se había vuelto loco por carecer de todo ello? ¿Había dejado de cumplir las funciones que la naturaleza había dispuesto para él? No. Al margen del hecho de que los animales actuaban por instintos y no por razonamientos, la raíz del asunto se mantenía: ¿acaso un ser humano no respiraba, dormía, tenía hambre, frío y calor, y algún día se desprendería de su envoltorio físico a fin de que se perpetuase la danza cósmica, el río de la vida? ¿Éramos tan distintos de los animales? No tenía el menor sentido devanarse los sesos cada día, enloquecer pensando en el pasado o anticipar con ansiedad un futuro incierto, ya que era tan absurdo como tratar de conducir hacia delante mirando por el espejo retrovisor.

Doña Maru no confundía la fe con la apatía. Por una parte, tenía esperanza en que alcanzaría sus objetivos, pero, por otra, tenía muy claro que debía ser ella quien diera el primer paso. Nada estaba escrito hasta el punto de que una persona pudiera permanecer sentada en un sofá esperando que se cumpliese su destino, por la sencilla razón de que tal destino implicaba movimiento, toma de decisiones, responsabilidad. Ese era el juego que planteaba la vida: establecer una función y un papel para cada persona —y para cada ser—, hacer que la olvidase y que tuviese que pasar diversas pruebas cuya meta era recordar la verdadera propia naturaleza. ¿Recordar o crear? Desde una perspectiva más abarcadora, desde un nivel de conciencia superior, era fácil advertir que no había gran diferencia. La vida retaba a todas las criaturas, sabiendo que solo las más valientes, inteligentes, sabias, constantes, íntegras, honestas y generosas encontrarían el tesoro. El resto de almas, arrastradas por la inercia de la pasividad, las que no asumían ningún riesgo, se limitarían a sobrevivir a duras penas, luchando y sufriendo sin cesar; aprendiendo hasta que comprendieran que no había nada contra lo que combatir, nadie que combatiera en realidad y nada por lo que sufrir.

Indudablemente, al igual que en la naturaleza no existía la bondad ni la maldad, la vida, en ocasiones, enviaba lecciones que podrían ser consideradas atroces de acuerdo con la lógica de los seres humanos, pero que, en realidad, no escondían segundas intenciones o castigo alguno. Sencillamente aportaban los elementos del guion de nuestra vida, aquellos que hacían avanzar nuestra historia, a veces a través del drama y la tragedia.

A casi todas las personas les resultaba espantosa la idea de establecer un paralelismo entre las aventuras y desventuras de una mosca y las de un ser humano, cuando lo cierto es que, desde una perspectiva cósmica, su función era la misma. Con la diferencia de que para la mosca, el ratón, el oso, el león o el gato no había tragedia alguna. Ni éxito ni fracaso. Solo vida en estado puro.

* * *

Sin darse cuenta, la anciana y la gata fueron dejando atrás el desierto. La vegetación empezó a estar más presente. Poco a poco, el día había ido dando paso a la noche. Doña Maru se dispuso a pasar la noche bajo un árbol cuando de repente una luz mortecina se encendió en mitad de la oscuridad. La gata maulló y se dirigió hacia la luz.

—¿Qué quieres decirme ahora? —le preguntó. Y, al no obtener respuesta alguna, decidió seguirla.

11

No puedes detener el flujo de la vida, pero sí canalizarlo en tu beneficio y en beneficio de los demás

En el momento en que despiertas, justo en ese momento, sonríe. Es una sonrisa de iluminación.

THICH NHAT HANH

La gatita se detuvo un segundo para lamerse las patas.

—¿Por qué haces eso ahora? —preguntó doña Maru prácticamente susurrando.

La luz se encontraba más cerca. La abuela comprobó que se trataba de la bombilla que iluminaba el porche de una humilde casa.

—Los detalles son importantes, ¿verdad? —dijo a la gata mientras empujaba a pie la bicicleta a través de los arbustos.

Los detalles. Sin duda eran lo que marcaba la diferencia entre un profesional y un aficionado. No había persona de éxito en cualquier aspecto de la vida —bien laboral, bien doméstico, bien personal— que no cuidase los detalles: desde la posición de los focos en el escenario hasta el mantel y las bandejas en la fiesta de cumpleaños de nuestro hijo; desde el atuendo hasta las relaciones sociales. No era cuestión de dinero, sino de actitud. Tener la casa limpia y ordenada, recibir y despedirse adecuadamente de las personas, ser riguroso con los acabados de cualquier producto que se fabricase (como un alfajor)... El mismo planteamiento podía aplicarse a cualquier circunstancia.

Ahí residía la diferencia entre los gatos y el resto de animales: no se abalanzaban sobre la comida, cuidaban la higiene personal, eran afectuosos pero sabían marcar las distancias, eran intuitivos sin necesidad de hacer gala de ello. Eran elegantes. ¿Necesitaba una gata limpiarse a conciencia? No, y en ese detalle residía precisamente su grandeza: en el cultivo de lo aparentemente inútil (como la belleza).

Doña Maru no quería asustar a los habitantes de la casa, por lo que decidió no hacer ruido.

—¿Quién anda ahí? —preguntó una voz masculina algo quebrada.

La anciana buscó el origen de la voz y lo encontró en el porche de la casa. Sentado en un banco similar al de su propia casa, otro anciano que se aproximaba a ella en edad la observaba sin la menor muestra de temor.

—Me llaman doña Maru. Estoy de paso. Iba a pasar la noche al raso, pero la luz de su casa se encendió y la gata me guio hasta aquí. Espero no haberle asustado.

—¿Por qué iba a asustarme?

Doña Maru echó un vistazo a su alrededor. La penumbra se había apoderado de esa parte del planeta. Únicamente la luna iluminaba tenuemente la escena. A unos metros de la casa, en un claro, había una cruz de madera clavada en el suelo. La gata se acercó al banco hecho con unos listones de madera tosca y pintado de rojo con poca delicadeza y restregó la cabeza.

Había un ejemplar de *Pedro Páramo* en el banco.

—¿Qué libro es ese? —preguntó doña Maru.

—No lo sé, aunque puede que se llame *Pedro Páramo*. Mi hijo debió de dejárselo aquí. Yo no sé leer. Creo recordar que me dijo cómo se llamaba antes de... Lleva ahí mucho tiempo —concluyó.

La gata saltó encima del banco y se repantigó. El viejo no se movió.

—Bonito gato.

—Es una gata —aclaró doña Maru.

—Me llamo Sergio. Sergio Guzmán —se presentó el hombre.

—Encantada, don Sergio. Me llaman doña Maru —repitió la anciana—. ¿Se le ofrece un alfajor?

—Hace mucho que no pruebo uno —dijo el hombre con voz monótona y mirada perdida.

La mujer extrajo un alfajor de su delantal y se lo ofreció a don Sergio. El hombre le dio las gracias y la invitó a tomar asiento. La abuela le agradeció el gesto y se sentó.

—Yo tampoco sé leer —dijo mientras acariciaba la cubierta del libro. Estaba llena de polvo.

—Supongo que a nuestra edad ya no vamos a necesitarlo.

Doña Maru respondió con una risa ronca y cómplice.

—¿Vive usted aquí solo?

—Mi hijo se marchó hace algunos años.

—¿Y su esposa?

A modo de respuesta el hombre alargó la barbilla en dirección a la cruz de madera.

—Lo lamento mucho —se disculpó dona Maru—. No era mi intención...

—No importa. También hace años que se fue. Antes que mi hijo. —Hizo una pausa—. Voy a buscar algo para echarle agua a la gata.

El señor se puso en pie con gran esfuerzo y a pasos lentos entró dentro de la casa para regresar una eternidad después con una botella de plástico cortada a ras de la base que contenía un poco de agua. Le temblaban un poco las manos. Dejó el recipiente sobre el banco antes de sentarse. La gata bebió.

—Cuando falleció decidí enterrarla aquí —dijo—. Yo mismo cavé la tumba. —Sus ojos permanecían inexpresivos.

Doña Maru no dijo nada.

—¿Le apetece un café o un vaso de agua? —preguntó don Sergio.

La anciana, consciente del enorme trabajo que le suponía a ese hombre desplazarse, declinó el ofrecimiento.

—No, muchas gracias.

—¿Quiere saber por qué enterré a mi esposa aquí? —Sin esperar una respuesta, el señor prosiguió—: Porque quería que siempre estuviera conmigo. La amaba tanto que pensé que si la dejaba descansar aquí, su fantasma me acompañaría y no se marcharía jamás. A veces la siento.

La abuela apoyó las manos sobre los muslos. Contempló la tumba, la cruz de madera hecha a mano, el brillo de la luna. Sentía compasión por aquel viejo.

—¿Está usted casada? —preguntó don Sergio.

—Nunca lo estuve. Pero sí tuve un hijo, Santiago. También falleció. Es a mi nieto Elmer a quien estoy buscando.

—Vaya, lo siento... ¿No sabe dónde está su nieto?

—No estoy segura.

—¿Y viaja usted en esa bicicleta?

—Así es.

—Acepte usted mi invitación de pasar la noche en casa. Es modesta, pero en ella se sentirá muy cómoda.

Doña Maru accedió.

—Es usted muy amable —dijo. Después de que ambos guardaran silencio, cada uno de ellos sumido en sus recuerdos o pensamientos, la anciana preguntó—: ¿Qué cree que se siente siendo un fantasma?

El viudo tardó en comprender la pregunta.

—¿Cómo podría yo saberlo?

—Pero debe de pensar que no es algo tan malo cuando lo deseaba para su esposa.

—Lo único que yo quería era que no se marchase nunca. Sin ella, la vida no vale nada.

—¿Qué me dice de su hijo?

—Se marchó a Veracruz. En el fondo, creo que no soportaba la idea de que su madre estuviera enterrada en este lugar.

—Yo me dirijo a Veracruz, qué casualidad —dijo con una sonrisa—. ¿Cómo se llama su hijo?

—Pablo Guzmán. Lo último que supe de él es que tenía un puesto de helados en Veracruz. Le encantaba leer, aunque yo nunca supe de dónde sacaba los libros. Me habría gustado darle una mejor educación, que pudiera estudiar, pero... Éramos muy pobres. Ya lo ve.

—¿Por qué no va a verle?

—No puedo dejar sola a Lupe, mi esposa —había convicción en sus palabras—. Además, me cuesta mucho moverme.

Doña Maru omitió mencionar la posibilidad de que fuera su hijo quien le visitase a él. No pretendía incrementar los recuerdos dolorosos.

—La enterré dentro de una caja de madera y todo. La hice yo mismo —añadió don Sergio.

A doña Maru le costó imaginar a ese hombre fabricando cualquier cosa con sus propias manos.

—Estoy segura de que la quería mucho.

—Habría preferido ser yo el que se marchase antes.

Doña Maru asintió con la cabeza. Miró de soslayo a su anfitrión. Era un hombre menudo, verdaderamente castigado por la vida. Un hombre que se aferraba al pasado, que había confundido el amor con el aprisionamiento. El egoísmo y la desesperación siempre lograban abrirse paso a través de las buenas intenciones a menos que uno permaneciese alerta. De haberse parado a pensar un segundo, el anciano habría comprendido que su gesto lo aliviaba a él del enorme dolor que suponía la muerte de su mujer, pero que no la dejaba a ella en buen lugar. ¿Qué sería de su fantasma cuando él falleciera? ¿Era razonable suponer que alguien lo enterraría junto a ella? ¿Estaban los fantasmas destinados a permanecer unidos toda la eternidad? Su acto, orientado a lograr un respiro efímero ¿no la condenaba a ella a la eterna soledad?

Por fortuna, los fantasmas, al haberse desprendido del ego y de toda expectativa, no guardaban rencor a nadie, no podían causar dolor a nadie y, en realidad, tampoco existían.

Los verdaderos fantasmas solo estaban en la cabeza de quienes creían en ellos.

¿Cómo apresar lo que no tiene cuerpo? ¿Cómo aferrarse a ello? Lo mismo sucedía con el pasado, los recuerdos, las expectativas y suposiciones acerca del futuro o la visión artificial que cada uno tenía de sí mismo: si alguien tratase de alargar la mano hacia ello, ¿qué alcanzaría a retener? Nada. Nuestros peores temores, nuestros complejos, nuestras dudas, nuestras creencias heredadas, nuestros pecados... Todo eso se tornaba en un vaporoso fantasma tan pronto como intentábamos apresarlo. Todo eso dejaba de suponer una amenaza o un peligro, siendo en el fondo tan incapaz de dañarnos como un holograma, por muy realista que este pareciera.

Doña Maru no deseaba herir los sentimientos del anciano. ¿Qué sentido tenía compartir con él sus impresiones? ¿Dejar claro que ella era más perspicaz o aguda? La única diferencia era que ella contaba con la perspectiva que le ofrecía el no verse emocionalmente involucrada, y, por otra parte, no sentía la menor necesidad de demostrar nada. Desde su punto de vista, hacer determinadas observaciones solo resultaba admisible si con ello se iba a ayudar al otro. De lo contrario, se convertía en un acto egoísta y cruel.

El problema, a juicio de doña Maru, no era la edad de aquel señor (el tiempo, para ella, era siempre relativo), sino la ausencia de un plan mejor. En ocasiones era preciso saber admitir con valentía un determinado estado de las cosas, incluso lo inevitable. Aquel hombre lleno de achaques, estropeado y castigado por la vida, se había aferrado a una ilusión, a una fantasía desesperada a fin de mitigar el dolor. Pero a ella no le correspondía juzgarle. Además, después de todo, el «fantasma de su esposa» no iba a quejarse y él podía consolarse como quisiera.

La pena o lástima por otro ser le parecía un sentimiento horrible y arrogante, pero sí sintió una gran compasión por aquel hombre.

—Mi hijo me había abandonado años antes de morir —dijo la abuela—. Me enteré de su fallecimiento por una amiga. No pude asistir a su funeral y, a fecha de hoy, todavía no sé dónde está enterrado. Aun así, su espíritu me acompaña dondequiera que voy.

—Lo siento mucho, señora —repitió el anciano. Se percibía sinceridad en sus palabras.

—No se preocupe. Sé que él tomó algunas decisiones equivocadas, que no llevó una vida recta —se detuvo antes de proseguir—: Sé que la vida es una cosa extraña, que era mi hijo, que lo quería y lo quiero a pesar de todo y que no pasa un solo día sin que me acuerde de él.

—La entiendo perfectamente —dijo don Sergio—. Los hijos. Uno hace por ellos lo mejor que puede, pero nunca sabe cómo acabarán las cosas. Cuesta trabajo reconocer que son personas diferentes a nosotros, independientes y que tarde o temprano se marcharán y vivirán su vida.

—No podemos culpar al viento de soplar o al río por desbordarse de vez en cuando. Es lo que hay —dijo doña Maru con media sonrisa.

El anciano miró la cruz de madera. La gata se irguió y erizó el lomo mientras se desperezaba. Mientras los dos ancianos conversaban, había permanecido dormida. Con suavidad, saltó al suelo y se dirigió hacia la tumba. Una vez allí, se hizo una especie de rosco y permaneció quieta. Una lágrima cayó por la mejilla de don Sergio. Doña Maru le cogió suavemente la mano. Dedicó una mirada amorosa a la gata y comprendió por qué había llegado a su vida. No era para que la sacara del desierto. Al verla sobre la tumba de doña Lupe supo lo que vendría a continuación. Cerró los ojos despacio y sonrió para sus adentros.

—Parece que la gata está muy cómoda ahí.

—¿Cómo se llama?

—No lo sé. La encontré ayer. O quizá ella me encontró a mí —rectificó con tono cómplice—. Estaba en mitad del desierto. Subió a la cesta de mi bicicleta y no se separó de mí. Pensaba que quería que la sacase de allí, pero acabo de descubrir que esa no era la razón.

El viejo se sintió intrigado.

—¿Cuál era la razón?

La anciana dio tres golpecitos sobre la rodilla de don Sergio y sonrió.

—¿Qué le parece a usted? ¿No piensa que está muy solo aquí?

Don Sergio echó un vistazo a la gata, que seguía descansando sobre la tumba de su esposa. Entendió lo que doña Maru estaba sugiriendo. Pensó que quizá así podría ir a visitar a Pablo y Lupe no se sentiría sola.

—¿Cree usted que la gata quería venir aquí conmigo? —preguntó el anciano.

—Los gatos son animales extraños, ¿no le parece? —La abuela se miró las palmas de las manos—. Pero muy sabios. Una vez oí que los gatos se acercaban a las personas que más energía o ayuda necesitaban. Imagino que será un cuento. O no.

La gata dormitaba ajena a la conversación de los dos ancianos, indiferente al hecho de ser el foco de atención. Los ancianos permanecieron en silencio un rato más hasta que el animalito volvió junto a ellos.

—Parece que has encontrado un nuevo hogar —le dijo don Sergio.

La anciana contempló las estrellas.

—Si encuentro a su hijo en Veracruz...

—Veracruz es un lugar muy grande y además no lo conoce.

—... Si lo encuentro, y no me sorprendería nada, le diré que su padre se acuerda mucho de él.

—Se lo agradezco —dijo el hombre.

Don Sergio señaló que se estaba haciendo un poco tarde y que estaría bien retirarse a dormir. Dijo que él dormiría en el sofá y le cedería la cama a ella. Doña Maru, sin embargo, insistió en dormir en el sofá, señalando con sentido del humor que su propia cama era menos cómoda. Don Sergio supo que no iba a convencer a una mujer que venía pedaleando desde Oaxaca de lo contrario, de modo que le dio las buenas noches y se dirigió hacia la cama.

—¿Sabe? —dijo doña Maru mientras el anciano se alejaba arrastrando los pies—. Estoy segura de que doña Lupe también desea que usted sea feliz.

El hombre dejó el bol de agua en el suelo, sonrió a doña Maru y se metió en la cama. Esta permaneció sentada en el sofá, envuelta en la oscuridad. Pensaba en la ocasión en la que alguien le ofreció un helado de pistacho. El único helado que había probado en toda su vida.

Antes de dormirse, dado que sus ojos ya se habían acostumbrado a la ausencia de luz, vio cómo la gata subía de un salto a la cama del anciano, se enrollaba junto a él y le acompañaba en su sueño.

También ella se durmió.

12

La soledad de doña Maru

*Juan Gaviota descubrió que el aburrimiento y el miedo y
la ira son las razones por las que la vida de una gaviota es
tan corta, y al desaparecer aquellas de su pensamiento,
tuvo por cierto una vida larga y buena.*

RICHARD BACH

—Para volar tan rápido como el pensamiento y a cualquier sitio
que exista —dijo—, debes empezar por saber que ya has llegado...

¿Había oído o soñado aquellas palabras? Doña Maru no lo
tuvo muy claro al despertar, pero no se molestó en tratar de
averiguarlo. Sueños y realidad, ¿acaso no compartían la materia
de la que estaban hechos?

Para su sorpresa, don Sergio ya se había levantado y estaba
preparando café.

—Buenos días —saludó cuando la vio incorporarse.

—Buenos días. Aunque sigue siendo de noche...

—No duermo demasiado —dijo don Sergio.

—Ya somos dos.

—¿Quiere un poco de café?

—Se lo agradecería. ¿Qué tal si lo acompañamos de un
alfajor?

—Es una gran idea —dijo el anciano, quien, a pesar de no sonreír demasiado, se veía alegre.

La gata bajó de la cama directa a beber agua.

—¿Cree que se escapará? —preguntó don Sergio al verla.

—Quién sabe. Pero creo que no lo hará. Fue ella la que quiso venir aquí, la que me trajo. ¿Para qué iba a querer escaparse?

—¿Cómo saber lo que pasa por la cabeza de un gato?

Doña Maru se encogió de hombros.

Don Sergio le acercó una taza metálica de color rojo que contenía el café. Iba muy despacio y la mano le temblaba un poco.

—Ya podría haberlo cogido yo —dijo la señora.

—No se moleste. Hacía tiempo que no tenía invitados. Hay que ser educado con los invitados.

—Hay que ser educado —repitió doña Maru.

—¿Va a marcharse ya?

—Con los primeros rayos de luz.

—Es usted muy valiente —dijo el anciano.

—No es valentía. Es mi camino. ¿Qué podría hacer aparte de seguirlo?

—El camino nunca espera.

—El camino nunca se marcha. ¿Sabe ya qué nombre va a ponerle a la gata?

—Todavía no lo he pensado. ¿Cómo la llamaría usted?

—Me gusta Azucena —dijo doña Maru. Era como le dijeron que se llamaba su madre para que dejase de llorar. Azucena y Juan. Madre y padre.

—Es bonito. Se llamará Azucena. —Por primera vez, doña Maru vio una sonrisa alegre en la cara del hombre.

—Muchas gracias por el café —dijo la anciana—. Ha llegado la hora de que me marche. Despídame de *Azucena* cuando la vea, y cuide de ella.

—Descuide. —El hombre la acompañó hasta la puerta—. Muchas gracias por su visita. Le deseo mucha suerte.

—Muchas gracias, don Sergio. Quizá aprenda a leer, ¿sabe? —dijo la abuela echando un vistazo al ejemplar de *Pedro Páramo*. Después sonrió, lanzó una última ojeada a la tumba, cogió la bicicleta y se alejó despidiéndose con el brazo.

* * *

Los días siguientes se fueron sucediendo de manera tranquila y natural: al día le seguía la noche y a la noche el día. Nada podía alterar determinados ciclos, como el de la noche y el día o el de la vida y la muerte. Entremedias, el campo de acción era ilimitado.

Doña Maru viajó varios días sola, sin coincidir con nadie en el camino. Dormía al aire libre, por la noche contemplaba las estrellas y por la mañana daba la bienvenida al nuevo día llena de gratitud y alegría. Cada día que pasaba era otro día más que estaba viva, otro paso más cerca de encontrar a Elmer, un avance en el cumplimiento de su misión, una ocasión de contemplar la belleza del mundo, otra oportunidad de ayudar a los demás y aprender de ellos.

Había atravesado el desierto y las orillas de los caminos estaban pobladas de vegetación. La abuela descansaba cuando lo necesitaba y recorría de manera constante los treinta kilómetros que se había fijado (atendiendo tanto a una estimación realista de objetivos como a sus circunstancias personales. En otras palabras: haciendo un balance óptimo). Llevaba a cabo el cálculo de un modo aproximado, pero muy, muy ajustado. No tenía modo de saber con exactitud si los había recorrido o no, pero la atención a las señales de su cuerpo —acostumbrado a la misma disciplina diaria— le daba claras muestras de cuándo era el momento de detenerse. Solo tenía que estar un poco alerta.

Ese día decidió que ya había cumplido sus objetivos cuando vio un riachuelo a su derecha. Bajó de la bicicleta y la empujó hasta la orilla. Necesitaba llenar su cantimplora y refrescarse, y la visión del agua le resultó relajante. Pasaría allí la noche.

Sentada junto al pequeño río, observó cómo el sol cedía su lugar a la luna y las estrellas. El delicado sonido del agua corriendo, constante pero siempre diferente, la mantuvo sumida en un estado de absoluta calma. Podría decirse que su respiración se había sincronizado con el suave fluir del agua. No supo cuánto tiempo había permanecido así.

Al volver en sí, doña Maru se preguntó cómo ese riachuelo podía estar tan cerca —y tan lejos— de las zonas desérticas que había atravesado. También se preguntó cómo era posible que el camino la hubiese llevado por las zonas más áridas cuando la región estaba rodeada de vegetación; por qué la gata la había elegido a ella para que la llevase a casa de don Sergio; por qué sus alfajores no se estropeaban nunca.

Respiró hondo y comprendió que cada uno de esos elementos formaba parte de su misión. Fue entonces cuando un incierto temor cruzó su mente y su corazón. Se preguntó cómo sería el verdadero Elmer y qué pasaría si, a pesar de estar convencida de que sería capaz de dar con él, no lo encontraba o bien este la rechazaba. Sus pensamientos volaron entonces alrededor de la figura de Santiago. ¿Podría haber hecho algo para ayudarlo?

Al igual que el agua del riachuelo no se detenía nunca, tampoco tenía mucho sentido aferrarse a un pasado que ya no estaba en ninguna parte salvo en la mente de quien lo evocaba. ¿Cómo saber si cualquier otro resultado aparte del previsto no era justamente lo que tenía que suceder, aunque, desde una perspectiva individualista nos perjudicase? El planteamiento cambiaba por completo si, contrariamente a lo que la mayoría tendía a suponer, se abandonaba el punto de vista individualista y se asumía el de la mentalidad colectiva; el principio de que todos formábamos parte de una sola mente conectada, una sola vida con innumerables formas de expresión. De este modo, en lugar de sentirnos heridos por alguna desgracia que nos acaeciera, podríamos comprender que tal suceso formaba parte del crecimiento y evolución de otra persona, de otra abeja dentro de la gran y única colmena. El error siempre estribaba en la arraigada creencia en la idea narcisista de que existía un plan para nosotros que excluía al resto. Que nuestra misión era más importante que la de los demás. Que éramos los elegidos. Que los diversos caminos se desplegaban en paralelo y que solo conectaban en las «rotondas» que el día a día imponía. Cuando lo cierto era que la gran colmena, la red, formaba una madeja donde todos los seres estaban enredados, inseparables, tocándose unos a otros, hasta tal punto que diferenciarlos suponía un intento fallido de poner orden y controlar el caos que era la vida en estado puro.

Cada una de las personas con las que doña Maru se había cruzado durante su viaje vivían, de un modo u otro, aferradas al pasado y desbordadas por sus expectativas. Incapaces de detenerse a mirar más allá de sí mismos, de disfrutar el hecho de estar vivos, de dejar de pensar en el futuro o en el pasado, en el beneficio o la pérdida. Algunas ni siquiera se sentían dignas de tener una misión que desempeñar y otras creían tenerlo muy claro. Unos y otros se equivocaban, ya que sufrían. Descubrir la propia misión, empero, era incompatible con el sufrimiento.

Aquella noche, doña Maru aunó todas las lecciones que su paso por la vida le había enseñado, y supo que, detrás de las apariencias, solo había una única misión para todos. Una misión que hacía a todas las personas responsables y, a la vez, las liberaba de una pesada carga: ya no había que seguir buscando. Solo tenían que advertir que ya habían llegado a la meta. La abuela cerró los ojos e inspiró lentamente. Las estrellas la contemplaban desde el cielo.

Doña Maru, en sus pensamientos, vio cómo una especie de haz luminoso conectaba algunas de ellas. Siguió despacio el recorrido que seguía la luz y observó el dibujo que se formó: un círculo. Un enorme círculo que parecía cubrir toda la galaxia, todo el universo.

Como en el sueño que tuvo noches antes, se vio a sí misma desanudando un velo de gasa negra que le cubría los ojos. Ya no tenía edad y todo su contorno estaba rodeado por la luz del sol. Comprendió cuál era su misión última y la de todos los seres. Y con la llegada de la luz, experimentó un intenso sentimiento de perdón: perdonó a Azucena y Juan, sus padres, a don Humberto, a Santiago, a la madre de Elmer y, por supuesto, a sí misma. Recordó que el mundo real no era otra cosa sino el estado mental en el que el único propósito del mundo es perdonar. Perdonó y de este modo alcanzó la visión. Y comprendió que la visión era su objetivo. ¿Qué tenía que ver? Que todo ser estaba libre de pecado, culpa o voluntad de ataque, y que, por encima de todo ello, imperaba la expansión del amor. Cada uno de los actos y acontecimientos de la vida no eran sino oportunidades para extender el amor, amor a todos los seres y a la vida en su conjunto.

Doña Maru supo que había llegado a la meta; que, con independencia de que localizase a Elmer o no, había alcanzado su destino. Entre lágrimas comprendió que la solución residía en dejar ir, en no aferrarse a nada material, mental o espiritual. En aquella noche oscura del alma, la abuela que cruzó el mundo —su mundo— en una bicicleta tuvo la certeza de que el amor a la vida bajo todas sus formas y la fe ciega en que el cielo cuidaba de cada una de las criaturas que vivía bajo su abrazo constituía la respuesta última, el resultado de la visión.

Un río que fluye sin saber hacia dónde pero hacia donde debe fluir. Un gato que viene y va. Un sol que nace y se pone. Una intimidad transitoria. Un beso. El vuelo de una mariposa. Una flor. Un perro corriendo. Las olas bajo la luna. El viento meciendo los árboles.

Todo formando una sutil telaraña por la que transitaban todos los seres, las circunstancias, los sueños.

Doña Maru abrió los ojos despacio y se ajustó las calcetas. Sin necesidad de recurrir al lenguaje ni al pensamiento, encarnó el cambio que suponía pasar de la oposición «mente versus cuerpo» a la unión «mente más cuerpo». Se sintió ligera y liberada. La vida no era una suma en la que uno más uno daba como resultado dos o de donde A se seguía de B de manera necesaria. No había razón alguna para sentirse pesada. Si ella había llegado a los noventa pedaleando a diario era porque estaba más allá de la mente y del cuerpo por separado, porque se había convertido en un equilibrio perfecto entre sus dos mitades y entre ella y el resto (lo «exterior»).

Ni el tiempo ni el espacio podían limitarla, pues había trascendido ambas ilusiones. Ni el miedo ni la ira podían detenerla, pues para ella no quedaba nada que atacar ni nada o nadie que atacase. Solo permanecía la luz blanca del amor.

¿Cómo no iba a realizar cualquier cosa que se propusiese si sus deseos se ceñían a los designios del cielo y los designios del cielo a sus deseos?

Mecida por el sonido del agua, agotada por el viaje y feliz a la vez, doña Maru se fue sumiendo en un sueño profundo.

13

El heladero de Veracruz.
Aprende a ver las señales

Una noche Zuang Zhou soñó que era una mariposa: una mariposa que revoloteaba, que iba de un lugar a otro contenta consigo misma, ignorante por completo del ser de Zhou. Despertose a deshora y vio, asombrado, que era Zhou. Mas, ¿Zhou había soñado que era una mariposa? ¿O era una mariposa la que estaba ahora soñando que era Zhou? Entre Zhou y la mariposa había sin duda una diferencia. A esto llaman «mutación de las cosas».

ZHUANG ZHOU

Doña Maru soñó que era una gata, pero, al despertar, no tuvo claro si doña Maru había soñado con una gata o si una gata había soñado ser doña Maru. ¿Había alguna diferencia entre ellas? ¿Era posible distinguir algo en la caótica madeja compuesta de árboles, personas, gatos, mariposas, recuerdos, olas, mareas, tazas, esperanzas, alegría, tristeza y cualquier cosa que cupiese imaginar? Aceptando la condición de que el cambio era lo único cierto, no existía inconveniente alguno en aceptar la «división» (siempre teniendo muy presente que dicha división no se daba en realidad). Era como aceptar las reglas de un juego, por fantásticas que fueran, a fin de poder jugar la partida. En ese sentido, alguien podría jugar a que era tal o cual persona, a que se llamaba de esta o de esa manera, a que tenía recuerdos o expectativas, a que podía advertirse una frontera entre su cuerpo y el exterior, a que no era una silla, a que odiaba algo en particular... No había nada erróneo en eso. La clave consistía en tener presente en todo momento que se trataba de una especie de juego cósmico, y el problema residía en creer que tales envoltorios y tales diferencias eran reales. Desde este punto de vista, el objetivo de la partida —es decir, la vida— consistía en descubrir y asimilar que tales diferencias y delimitaciones, en última instancia, no existían. Nada, por lo tanto, debía tomarse como algo excesivamente personal; cualquier cosa era susceptible de cambiar, y con toda probabilidad lo haría.

La parte más difícil del juego, del proceso, era la asimilación, la asunción de esta revelación. Uno podía incluso leerlo en un libro o escucharlo en la televisión o Internet, pero de poco servía si no se vivenciaba profundamente.

El día a día, empero, empujaba a la mayor parte de la gente en otra dirección: a creer que el peso del mundo recaía sobre cada uno de ellos y ellas, que correr era el modo más seguro de escapar —o sobrevivir—, que la existencia era una lucha constante con los demás, que los bienes eran escasos, que convenía convertir el curso fluido de la vida en un discurso o en una imagen estática, que no había solución a la rigidez física y mental, que los sentimientos eran secundarios, que las obligaciones insignificantes eran más importantes que la propia vida, que todo se podía comprar y vender, que las creencias y opiniones se hallaban talladas en la mente y el corazón desde la cuna hasta la tumba, que...

¡Miau!

Doña Maru, por su parte, estaba convencida de que solo había un modo de proceder, un único camino, una única cuestión que resolver: ¿con mis actos extiendo el amor, traigo la paz, o, por el contrario, me hundo en las arenas movedizas del egoísmo y el dolor?

Y una única respuesta correcta.

El resto formaba parte de la disputa que las personas, en su enloquecida carrera sin fin, se esforzaban en mantener viva.

Dentro del juego de la vida individual, era legítimo tener aspiraciones tanto culturales y espirituales como materiales. Desterrando los deseos y creencias contradictorias y el odio inconsciente que la mayoría sentía por la riqueza y la abundancia, y dejando de dignificar la pobreza como el estado más noble del ser humano, cabía disfrutar de los placeres terrenales sin el menor remordimiento. La respuesta residía en aplicar las «matemáticas mágicas»: quien más da, más tiene. No solo en un sentido material, claro. Ser generoso, expandir la riqueza, ayudar. No hacía falta nada más, por mucho que algunas personas —por lo demás, muy poco inclinadas a dar ejemplo— insistieran en la necesidad de desprenderse de todos los bienes. Con no aferrarse a ellos y no identificarse con ellos uno hacía más que suficiente. Lo demás escapaba al control de cualquiera.

Asimismo, sin caer por ello en el narcisismo o el egoísmo, una persona podía y debía amarse y apreciarse a sí misma; tener aspiraciones, metas y objetivos; saber que era digna de todo lo bueno que llegase a su vida.

En definitiva, lo importante era comprender que el cambio era la única constante; que, en el fondo, las personas y el resto de los seres no eran sino rayos de luz y amor jugando a disfrazarse de entidades separadas: de rocas, de gatos, de mariposas, de árboles y estrellas, de lágrimas, de risas, de Azucena o Juan, de doña Maru o Elmer. Tan grandes como el universo en su conjunto, tan pequeños como una mota de polvo flotando en la marea eterna de la vida.

Así, sin pensar en estas cosas y sin apenas darse cuenta, doña Maru fue aproximándose a Veracruz.

* * *

«Santiago». Estaba delante de sus narices, pero ella no podía saberlo. No obstante, algo le decía que se hallaba en la buena dirección.

—Si vive aquí en Veracruz, seguro que está cerca del mar —susurró para sus adentros mientras contemplaba el mural.

Un grafiti con una especie de contenedor repleto de botellas, rodeado de flores, diseñado en bellos colores, y la palabra «Santiago» y la firma de Elmer Expósito plantadas en él le dio la bienvenida a la anciana en la ciudad de Veracruz. Ella no lo supo de inmediato, ya que no sabía leer. Había llegado desde Oaxaca guiada por las indicaciones de las personas con las que se iba cruzando, las estrellas y un buen sentido de la orientación que la llevó hacia el norte. Luego solo tuvo que seguir el murmullo de la costa.

Cuando advirtió el aumento del tráfico y de personas a la vista y percibió el aroma lejano de la sal, lo sospechó. Entonces vio el muro pintado, como si de una anunciación se tratase.

Doña Maru se detuvo delante de un edificio viejo en una de cuyas paredes Elmer Expósito había realizado la obra de la que le hablase Mario, el chico de la camiseta de *Star Wars* al que acosaban en clase. En realidad, aquel grafiti saludaba a cualquiera que llegase a través de esa carretera. Era como si dijese: «Bienvenidos a Veracruz, la ciudad de la esperanza y el perdón». A pesar de la violencia que le rodeaba, Elmer Expósito solo veía paz, y paz era lo que deseaba extender a través de su trabajo.

El camino se bifurcaba. La abuela se apoyaba en la bicicleta contemplando sin saberlo la obra de su nieto cuando un hombre pasó cerca de ella.

—Disculpe, señor —le llamó la anciana—. ¿Qué ciudad es esta?

—Veracruz, señora —respondió el hombre con mirada desconcertada.

—Ah, sí —dijo ella con una sonrisa—. La cabeza...

—¿Se encuentra usted bien? —preguntó él al suponer que debía padecer Alzheimer o una enfermedad similar.

—Sí. Soy muy despistada. Solo eso. Muchas gracias.

El hombre se disponía a seguir su camino cuando la anciana lo detuvo:

—¿Sabe quién ha pintado esto?

—Elmer Expósito. ¿No ve la firma?

—No sé leer.

El desconocido se alejó meneando la cabeza. «Otra vieja que está perdiendo el juicio», pensaba.

Doña Maru echó una última ojeada y montó otra vez en la bicicleta. Deambuló por las calles sin un rumbo fijo. ¿Cómo podría encontrar a su nieto en aquella ciudad?

Tras recorrer varias cuadras, la anciana se topó con otra pintada de aspecto muy similar. No sabía leer, pero ahora reconocía los trazos que conformaban la firma de Elmer.

Dos chicas jóvenes cruzaron por detrás de ella y doña Maru las llamó:

—Perdonen. ¿Saben dónde hay más dibujos de Elmer Expósito? ¿Hay alguno cerca del puerto?

Las jóvenes se miraron entre sí un tanto desconcertadas.

—Veracruz está llena de dibujos de Elmer —dijo la que llevaba el pelo tintado de rubio—. Hay muchos cerca del puerto, claro.

—¿Por dónde se va al puerto?

—Debe seguir en esa dirección —dijo la otra señalando con el dedo.

—Muchas gracias —dijo doña Maru. Las chicas se marcharon.

Todo el mundo parecía conocer a Elmer Expósito, el chico sin rostro.

Sin pensar en la distancia, la anciana condujo su bicicleta hasta la zona portuaria. Por el camino vio varios grafitis de Elmer. Pensó en don Sergio y en su hijo el vendedor de helados y se preguntó si el destino querría que sus almas se cruzasen.

Grúas y brisa marina al fondo. El puerto estaba cerca. La anciana siguió pedaleando al mismo ritmo. Sabía que todas esas pinturas callejeras, esas obras de arte urbano, esos cantos a la paz, la estaban conduciendo hasta su nieto.

Doña Maru llegó a una explanada pavimentada. Al frente solo el mar. Alrededor quedaban algunos restaurantes. También un edificio gris se erguía sobre el resto. Era una construcción de aspecto envejecido. Una de sus paredes laterales estaba decorada de un modo muy llamativo, tenía unas líneas verticales que alternaban el blanco con el rosa chicle y la cubrían por completo. En la esquina inferior derecha había pintado con espray y plantilla un pequeño vendedor de helados. A dos metros de separación había un auténtico y solitario carrito de helados del mismo turquesa que la bicicleta de doña Maru. Un hombre delgado vestido de blanco se ocupaba del puesto. Estaba de pie, leyendo un libro mientras llegaba algún cliente.

La anciana se acercó a él despacio. El hombre levantó los ojos del libro mientras ella se aproximaba. Conforme la abuela pudo distinguir los rasgos del heladero, advirtió que estos le resultaban muy familiares. El heladero le sonrió al verla llegar. Ella le devolvió la sonrisa.

—Buenos días, ¿en qué puedo servirle?

—Me gustaría tomar un helado —respondió ella. Estaban frente a frente, separados por un carrito de helados.

—¿De qué sabor lo quiere?

—Solo he tomado helado una vez en mi vida. De pistacho fue.

—Vaya... El pistacho es difícil de superar. Pero imagino que querrá probar otra cosa, ¿cierto? Menuda responsabilidad la mía... —el hombre bromeaba, pero de un modo cariñoso y cercano.

—Me temo que sí —dijo la vieja con una sonrisa. No dejaba de recorrer su cara con la mirada—. Trataré de ayudarle: si fuera usted, ¿cuál elegiría?

El hombre entrecerró los ojos mientras asentía con la cabeza y esbozaba una sonrisa, como si tratase de traer al recuerdo una sensación agradable.

—De plátano. Mi sabor favorito es el helado de plátano.

—En ese caso, probaré un helado de plátano. —El heladero procedió a preparar el pedido con sumo esmero—. Veo que se toma en serio su trabajo —dijo doña Maru.

—Los detalles son importantes. Marcan la diferencia. No importa que uno sea un arquitecto, un decorador de interiores, un taxista o un vendedor de helados. Siempre hay que dar lo mejor de uno, ¿no le parece?

—Ya lo creo... —La anciana hizo el gesto de sacar dinero de su delantal.

—No se preocupe. Invita la casa. Me gusta el color de su bicicleta —el hombre le guiñó un ojo en señal de complicidad.

—Muchas gracias. En ese caso, acepte un alfajor chileno —dijo la anciana. Sacó un alfajor de la bolsa que guardaba en el delantal y vio que ya solo le quedaban dos.

—Muchas gracias —dijo el vendedor de helados—. Hace mucho que no probaba uno. Bueno —rectificó—, chileno creo que jamás lo he comido. ¿Se parecen a los mexicanos?

—En realidad, ambos son alfajores.

El heladero cerró los ojos y aspiró el aroma nada más darle el primer bocado.

—Está delicioso —dijo.

—El helado también —señaló doña Maru. Ambos permanecieron en silencio un buen rato—. Me ha dado la impresión de que leía usted un libro. ¿De qué libro se trataba?

—*Santuario*, de William Faulkner —respondió el hombre levantándolo y mostrando la cubierta—. En realidad, ¡leo a Faulkner y a Paulo Coelho a partes iguales! ¡No soy un elitista!

—Yo no sé leer —dijo doña Maru.

El vendedor de helados quiso preguntar por qué le había preguntado entonces qué libro estaba leyendo, pero no quiso ser descortés.

—¿De dónde es usted? —cambió de tema.

—Vengo de Oaxaca —respondió la anciana eludiendo la pregunta literal.

—¿Ha venido hasta aquí montada en esa bicicleta que tiene un color tan bonito?

—Así es.

—En ese caso, tal vez no le haga mucha falta leer —dijo el vendedor de helados. La anciana sonrió.

—Le he preguntado por el libro por curiosidad. Quería saber si era *Pedro Páramo*.

—¿*Pedro Páramo*? ¿La novela de Juan Rulfo? —preguntó un tanto desconcertado el hombre vestido de blanco.

—Supongo.

El vendedor de helados levantó los ojos al cielo. Acababa de recordar algo, algo que le hizo sonreír.

—Recuerdo haber leído ese libro hace tiempo —dijo finalmente—. Fue antes de... —Sus pensamientos se perdieron en un pasado que creía olvidado. Sus ojos atravesaron a la anciana, viajando más allá del espacio visible.

—Acostumbran a llamarme doña Maru —dijo ella devolviéndole al presente.

—Disculpe mi grosería. Soy Pablo —dijo él alargando la mano.

—Lo sé. Su padre me habló de usted —dijo ella mientras se la estrechaba.

—¿Cómo dice?

—*Pedro Páramo* se quedó en casa de su padre, ¿verdad?

—Así es —respondió él perplejo—. ¿Cómo lo sabe? ¿De qué conoce a mi padre? ¿Quién es usted? —No había desconfianza o temor en su rostro, solo curiosidad. Se mantenía calmado y su pregunta presentaba el tono de aquel que había integrado en su alma todo lo posible, incluso lo más descabellado, remoto o extraño y que solo pretendía disfrutar del curioso espectáculo que ofrecía el flujo de los acontecimientos que tenían lugar bajo el sol.

—No sabría muy bien por dónde empezar, aunque lo cierto es que tampoco es demasiado importante. El caso es que hace unos días llegué a casa de su padre, don Sergio Guzmán. Él me ofreció pasar la noche allí. Me habló de *Pedro Páramo*, libro que siempre tenía a su lado, para recordarle en todo momento. Y me habló de usted.

—¿Mi padre? ¿Dice que mi padre la invitó a pasar la noche en su casa? No sabía que el viejo se hubiese olvidado de...

—¿De su madre, doña Lupe? Le aseguro que no. La sigue teniendo muy presente.

El vendedor de helados se hallaba por completo desconcertado, aunque sentía un gran interés por doña Maru.

—Dice que viene desde Oaxaca. ¿Qué busca en Veracruz?

—¿Tiene usted familia? —contraatacó la anciana.

—Vivía con *Azucena*, mi gata. Desapareció hace un par de semanas más o menos. No estoy casado ni tengo hijos, si es lo que me está preguntando.

—Creo que no tardará usted en volver a ver a su gata —señaló doña Maru con una amplia sonrisa que Pablo no supo cómo interpretar en ese momento.

—¿Qué le contó mi padre acerca de mí?

—Me dijo que le gustaba leer y que tenía un puesto de helados en Veracruz. ¿Por qué decidió marcharse de casa?

—Necesitaba salir de aquella «Comala». —Doña Maru no entendió a qué se refería, pero no preguntó—. No habrá venido a buscarme...

—Oh, no. A decir verdad, he venido en busca de mi nieto, si bien le prometí a su padre que si coincidía con usted le diría que él le echa mucho de menos. Que le encantaría verle.

Pablo aspiró sus propios labios. También él le echaba de menos.

—¿Y ha podido ya ver a su nieto?

—Todavía no.

—Debo reconocer que esto es lo más extraño que me han contado jamás —admitió el heladero.

—La vida es un asunto extraño.

—Sí... ¿Cómo se llama su nieto?

Doña Maru miró el mural que había detrás del puesto de helados. En la parte inferior derecha vio lo que ella había identificado como la firma de su nieto.

—Se llama Elmer Expósito.

Pablo apoyó las manos sobre el mostrador y estudió a la anciana.

—¿Es usted la abuela de Elmer Expósito?

—Sí. He venido para conocerle. Él no sabe quién soy yo. Ni siquiera creo que sepa que tiene una abuela.

—Me encantaría saber un poco más de su historia —dijo Pablo limpiándose las comisuras de los labios.

Tal y como los viajeros de la Antigua Grecia hacían al llegar a un lugar desconocido, doña Maru expuso los pormenores de su viaje. Le habló de la gata y de cómo esta le guio hasta su padre. Le contó que decidieron llamarla *Azucena* —que resultó ser el mismo nombre por el cual la llamaba Pablo—. El hijo de don Sergio la escuchaba con la barbilla apoyada sobre su mano. Se hallaba plenamente concentrado.

—En ocasiones —dijo el vendedor de helados cuando la anciana hubo terminado—, nos dejamos arrastrar por la inercia. Por la rutina. Por la pereza y la comodidad. Yo hace mucho que debería haber ido a visitar a mi padre. Sin embargo, me he quedado aquí. No es que no quiera verle, tengo muchas ganas, pero lo vas dejando un día, y luego otro. Y una semana y, en fin, la vida va pasando.

»Ahora está usted aquí, buscando a su nieto. Viene desde Oaxaca montada en una bicicleta. No sé qué decir.

—No hay mucho que decir —observó la anciana. Arrugó la nariz antes de continuar—. ¿Ha alcanzado usted la paz?

—Hasta hoy pensaba que sí. Aunque a veces experimentase una inexplicable tristeza, como si me faltase algo. Ahora sé lo que es: debía reconciliarme con mi padre. Nos amó a mi madre y a mí como supo. —Doña Maru le apretó la mano con suavidad—. Elmer es un buen chico —concluyó.

—¿Lo conoce?

Pablo dedicó una mirada amorosa a la anciana.

—¿Cómo supo que lo encontraría cerca del mar?

—El mar es la vida. Si no tienes madre, el mar te acoge. El mar es la madre de nuestras madres. Yo siempre he vivido lejos del mar. —La mujer se encogió de hombros con una sonrisa y una mirada ingenua y tierna.

—Dicen que nadie sabe quién es —dijo Pablo—. Pero yo sé que le encanta el helado de pistacho —añadió con una sonrisa—. Elmer es un buen amigo mío. Él dice que yo soy su único amigo.

Lágrimas recorrían las arrugas de doña Maru. Pablo le ofreció un puñado de servilletas que la mujer cogió agradecida.

—¿Cree que podría verle? —acertó a preguntar doña Maru.

Pablo secó el sudor de su frente con el dorso de la mano y miró al cielo. El sol comenzaba a golpear con más dureza. Al bajar la cabeza, dirigió la mirada más allá de doña Maru, hacia la amplia explanada. Estaba desierta. Dos pájaros aterrizaron a lo lejos para retomar el vuelo poco después.

—Le encanta el helado de pistacho —repitió Pablo muy despacio.

La abuela comprendió lo que estaba sucediendo. Lentamente fue girándose. Un chico joven, de unos veinte años, vestido con unos vaqueros y una camiseta blanca, con unos grandes auriculares color rojo, se acercaba con paso firme hacia el carrito de los helados. Al ver a Pablo, sonrió y levantó la mano a modo de saludo.

Doña Maru supo que se trataba de su nieto Elmer.

14

Un nuevo comienzo.
Cerrando el círculo / Abriendo el círculo

> *En el mismo río entramos y no entramos,*
> *pues somos y no somos.*
>
> HERÁCLITO DE ÉFESO

Cuando el filósofo griego pronunció —si es que lo hizo— tales palabras, las que serían evocadas posteriormente por Platón y Plutarco, quería señalar el cambio, la mutación, como verdadero y único estado del ser. Nadie puede bañarse dos veces en el mismo río ya que ni el río ni la persona que se sumerge en sus aguas son las mismas en ambas ocasiones. Todo está sujeto al cambio, como cuando se arrojan las monedas en una tirada oracular del *I Ching*. Pero, al igual que toda gran narración dejaba claro, el fin del viaje era precisamente la transformación. En ocasiones, dicha transformación seguía una estructura circular, en la que el héroe o la heroína regresaba al punto de partida pero siendo diferente. Todo viaje era volver al inicio… siendo otra persona. Ya nada sería lo mismo, por mucho que tuviera un aspecto similar. Regresar al origen, pero transformados: tal era el sentido del viaje.

* * *

—Te veo de buen humor —señaló Pablo cuando llegó Elmer.

—Es un buen día. El Coyote acaba de comunicarme que...

—lanzó una rápida ojeada a la anciana. El Coyote era el modo en que se refería a su representante, a quien nunca había visto en persona y con el cual únicamente se comunicaba a través del móvil y el correo electrónico. Una vez ingresado el dinero en la cuenta de Elmer, este enviaba su trabajo a la dirección que el Coyote le indicase. Así trabajaba el nieto de doña Maru—. El caso es que he venido a celebrarlo tomando contigo uno de tus helados de pistacho. —Elmer hizo una pausa—. Hey, ¿por qué estás llorando?

Se giró hacia la ancianita y advirtió que también ella lo observaba en silencio mientras las lágrimas caían por sus mejillas.

—¿Qué sucede aquí? —preguntó.

* * *

Desde que el joven artista preguntase eso, doña Maru, su abuela, no había dejado de cogerle la mano. Ahora el sol se estaba poniendo. Lentamente, el naranja comenzaba a eclipsar el azul del cielo y el turquesa del mar. Sentados uno junto al otro, en el extremo de la pequeña dársena ubicada cerca del acuario, contemplaban callados el golfo de México.

Llevaban más de ocho horas conversando.

«Elmer, te presento a doña Maru. Tu abuela», le había dicho Pablo. Al principio, el grafitero pensó que se trataba de una broma de su mejor amigo —el único, según él—. A pesar de la diferencia de edad que había entre ellos, habían llegado a un cierto entendimiento entre silencios y helados de pistacho. Poco a poco, una amistad verdadera se fue abriendo paso a través de sus corazones, los corazones de dos personas nobles y solitarias. «Tu abuela.» Elmer tuvo que examinar por segunda vez y con detenimiento las caras de la anciana y del vendedor de helados. La mujer le había cogido la mano y Pablo... Bueno, jamás había visto así a Pablo. Además, el hijo de don Sergio no era una persona propensa a gastar bromas pesadas, sino más bien un hombre culto, sensible y delicado.

—Debe tratarse de un error —dijo—. Yo no tengo abuela.

—Hasta hace muy poco yo no creía tener un nieto. Soy la madre de Santiago, tu padre. —El joven se estremeció. Apretó las mandíbulas. La abuela no dejaba de llorar. Estaba muy emocionada y pronunciaba con dificultad sus palabras.

—No puede ser.

—Pero lo es —acertó a decir la anciana entre sollozos.

El muchacho a duras penas logró contener el llanto. Jamás hubiera imaginado que tuviera una abuela viva, pues nadie le había hablado de ella. El inicio de su carrera artística estuvo marcado por el deseo de llamar la atención de su madre. Su fantasía recurrente era la de convertirse en un artista famoso. Tanto que llegara a oídos de su madre donde quiera que ella estuviese. Con el paso de los años, ya convertido en un artista renombrado, abandonó la esperanza de dar con ella. Poco a poco se fue desprendiendo de la angustia y comenzó a abrir el corazón y a dejar ir. Se deshizo de lo único que le quedaba: las ilusiones. Perdonó internamente a su padre y a su madre y entendió que era uno con lo que le rodeaba. A partir de ese momento su obra entró en una nueva fase, caracterizada por una fuerte voluntad de aportar paz, luz y amor al mundo.

Ahora tenía delante a una mujer que decía ser su abuela. Y en su corazón sintió que era verdad. El tiempo se revertía y le conducía de nuevo a esas raíces que tan temprano habían sido arrancadas. Pero nada ni nadie puede arrancar por completo las raíces, ya que estas se extienden más allá de cualquier cuerpo individual y se ramifican bajo la superficie, cubriendo por completo toda la Tierra y todo el universo, más allá de la esfera física y la historia personal de cada uno.

—¿Cómo se llama usted? —preguntó Elmer con la voz quebrada.

—Maru —dijo—. Soy la abuela Maru.

Por fin, el joven sostuvo las dos manos de la anciana y se fue inclinando hasta fundirse con ella en un abrazo eterno. Pablo contemplaba la escena llorando como un niño, emocionado.

—Creo que tendréis mucho de que hablar —señaló el heladero mientras se sonaba los mocos con un pañuelo de papel.

Nieto y abuela decidieron ir a dar un paseo. Elmer se ofreció a llevar la bicicleta, pero doña Maru dijo que le venía muy bien apoyarse en ella.

—Puede apoyarse en mí —observó él.

La abuela accedió entonces. Elmer cogió la bicicleta con la mano izquierda y ofreció el brazo derecho a la anciana. No tenían ninguna prisa.

En las horas siguientes hablaron de sus respectivas vidas. Los recuerdos se iban sucediendo sin orden ni concierto, siguiendo su propia lógica —que no coincidía con la secuencia cronológica de los acontecimientos—. Anécdotas de la infancia se mezclaban con episodios recientes.

Elmer le contó a su abuela que se escapó del orfanato poco antes de cumplir los trece y que llevó una vida parecida a la de la joven Maru. Sintió la tentación de unirse a las bandas a fin de obtener un poco de protección, pero optó por la expresión artística. Algo en su interior le decía que dicha seguridad era irreal y que, de tomar un mal camino, lo más probable es que acabase muerto. No había futuro en ese ambiente.

—Mi padre me salvó —dijo.

—¿Cómo es posible? Él ya había fallecido.

—Fue mi gran ejemplo. Aunque no tenía un recuerdo muy claro de él, yo tenía muy presente que su muerte era el fruto de muchas malas decisiones. En parte, él se sacrificó por mí, llevó la carga pesada y me ofreció una dolorosa aunque valiosa lección: me mostró el camino que no debía seguir. Fue mi gran maestro. Por eso le respeto y le honro. Me inclino ante él aunque apenas lo recuerde.

Doña Maru le apretó un poco el brazo. Comprendió cómo su nieto había sobrevivido a la locura y al impulso de buscar la vía fácil, pero sin salida. Lo había logrado a través del amor, la aceptación y el perdón. Se había reconciliado con su padre y había aceptado a su madre. También se había perdonado a sí mismo y había aprendido a apreciarse. Ya no había en él ningún deseo de notoriedad, aunque, como doña Maru sabría después, ya era mundialmente famoso. Cuando trabajaba, dejaba que su espíritu fluyera libre, sin ninguna otra motivación que la obra en sí, que el arte en sí. Mientras trabajaba se disolvía; se fundía con todo el universo. El tiempo dejaba de existir. Él mismo dejaba de existir como tal y se convertía en pura energía creadora. Al abandonar el ego, abrazaba toda la creación.

—Conocí a una señora que me dijo que había coincidido con tu madre hace tiempo. Me dijo que se marchó a los Estados Unidos. No recordaba su nombre.

—¿Y cómo se llamaba ella?

—Hope Deren. Una artista.

—Hope Deren… Como la artista fantasma. Nadie sabe dónde se esconde.

—Yo sí —señaló doña Maru con una risita que sonó infantil. Elmer sacó un móvil del bolsillo trasero del pantalón y tecleó algo.

—¿Es esta la Hope Deren de que me habla? —le preguntó mostrándole una foto de la artista antes de que decidiera alejarse de la vida pública.

—Ella es.

—¿Hope Deren le habló de mí?

—Tu madre le habló de ti. Habían estado bebiendo. Aunque supongo que tendría la necesidad de desahogarse de todos modos. Le contó muchas cosas de su vida. Le habló de tu padre. No creo que supiera que había muerto. Tiempo después, Hope vio tu obra, ató cabos y... ¿Crees que podrías dejar de dirigirte a mí de «usted»?

—Claro —respondió el chico bajando un poco la cabeza, como un niño al que acabasen de reprender. Sonreía tímidamente.

Guardaron silencio.

Elmer decidió llevarla a la pequeña dársena que había cerca del acuario. Era su lugar favorito. Quería contemplar con ella el golfo de México. El mar.

—¿Por qué estabas tan contento cuando has llegado esta mañana al carrito de los helados?

—Un tal Ernesto Borrón, un rico empresario, acaba de adquirir una de mis obras. La persona que se ocupa de esos asuntos, a quien llamo el Coyote aunque no tenga nada que ver con otros «coyotes» de la zona, me dijo que había pagado mucho dinero por ella. Me pareció una buena idea contárselo a Pablo, y de paso tomar un helado de pistacho. Es mi sabor preferido.

—El mío también —añadió la abuela—. Es curioso, conocí a un tal Ernesto Borrón en una cantina perdida en mitad del desierto.

—¡Cuánta coincidencia!

—El azar no existe, mi hijo. Tenía que encontrarte, toda mi alma estaba en ello. Toparme con esas personas no ha sido otra cosa que una señal tras otra. Un indicador de que seguía el camino correcto.

Doña Maru le habló de don Sergio, el padre de Pablo, y de la gata *Azucena*. Y de cómo esta le condujo hasta su casa. Le habló de Esmeralda y de todos los demás y, por supuesto, le habló de Francisco Javier, el boxeador, y de la carta de *Pokémon*.

—*Pokémon* —repitió Elmer casi para sus adentros. Su mente regresó a su infancia. Recordaba perfectamente la carta, al Francisco Javier niño, regordete y tímido, y el día de su partida.

—Me dijo que no hacía falta que se la devolvieras, que ya la había encontrado.

—Es curioso —dijo el nieto. Sonrió al pensar en la carta desgastada que seguía llevando en la cartera, aunque no quiso decírselo a su abuela—. Me había olvidado de ella —añadió con una sonrisa dulce.

Frente a ellos, el mar comenzó a convertirse en una masa oscura recortada por las luces que había en tierra firme. Doña Maru introdujo la mano en su delantal y sacó los dos últimos alfajores que le quedaban.

—¿Te apetece un alfajor?

—Claro que sí, abuela —respondió el joven. Sus cabezas se unieron. Y así, con las cabezas unidas y el brazo del nieto por encima del hombro de su abuela, contemplaron las estrellas a lo lejos.

Elmer pidió a su abuela que le acompañase a casa. A ella le pareció bien. Dijo sentirse un poco cansada.

—Deseo que tú te quedes con la bicicleta —le dijo por el camino.

—¿Qué harás tú sin ella?

Doña Maru esbozó una sonrisa amplia, si bien se tomó su tiempo antes de responder:

—Yo ya no la necesito. He hecho mi parte del viaje, he cerrado mi círculo. Ahora se abre otra etapa. Otro nuevo viaje empieza: el tuyo. Hemos pasado muchas aventuras juntas —dijo mirándola con cariño—. Sé que sabrás tratarla como se merece.

—Cuenta con ello. Muchas gracias —prometió Elmer. Y le dio un beso en la frente a la anciana.

*　*　*

Una semana después, Elmer se ofreció a acompañar a doña Maru a casa. Quería conocer sus orígenes y el lugar donde vivía su abuela. Quería saber más cosas sobre ella, sobre su padre y sobre todo aquello que ya había desaparecido. Deseaba recordarlo con amor y honrarlo.

Visitaría el antiguo orfanato donde vivió (sabía que ya estaba cerrado). Conocería a la señora Arriaga y al resto de amigos de doña Maru. Decoraría alguna pared, revalorizando así los inmuebles al tiempo que compartía con los demás su mensaje de amor, paz y esperanza. Aunque prefería seguir manteniéndose en el anonimato, ya no le importaba que el mundo conociera su identidad. Su abuela había cerrado su círculo y uno nuevo se abría para él. Porque así avanzaba la vida, en una danza sin fin que conectaba a todos los seres. El perpetuo cambio. La transformación. La unicidad.

Elmer se había fijado un nuevo propósito: recorrería su mundo en la bicicleta que le había regalado su abuela. El viaje jamás terminaría. Eternos al compartir.

Un nuevo día comenzaba. Los primeros rayos de sol iniciaron el rito del nacimiento infinito. Elmer salió de la casa de doña Maru.

—¡Abuela, salgo a dar una vuelta! —gritó el muchacho ya desde el exterior de la humilde vivienda.

Por petición de ella había estampado un dibujo en una de las paredes: un diminuto alfajor color turquesa.

Cogió la bici que estaba apoyada en la pared y se colocó sus auriculares rojos. Subió a la bicicleta y contempló el horizonte. Un largo camino se extendía ante él. Dónde le llevase solo dependía de su propia voluntad. Seleccionó una canción en el reproductor y pulsó *play*. «Electrolite» de R.E.M comenzó a sonar a través de los auriculares. Elmer levantó los brazos en V, cerró los ojos y alzó la cabeza hacia el cielo. Aspiró profundamente. Una amplia sonrisa se dibujó en su rostro.

Una vez más, se sintió vivo.

Nota final

Esta obra se ha realizado en familia. Mi fuente de inspiración, así como las correcciones e inestimables observaciones, proceden de Flu, mi esposa, persona con una sensibilidad y una inteligencia fuera de lo común. Ella no solo es mi musa, sino también mi mayor y mejor colaboradora.

Por otra parte, las ilustraciones han sido realizadas por mi hijo Adrián. No sé cuándo estarás leyendo este libro, pero él tenía catorce años cuando asumió el enorme desafío de diseñar imágenes «mucho más simples de las que él era capaz de dibujar». Indudablemente, también hizo las veces de revisor y corrector de los capítulos dedicados a la adolescencia (bueno, y aportó muchas ideas para el resto). Si tuve la enorme fortuna de contar con un hijo de esa edad cuando escribí esta novela, ¿por qué no iba a aprovecharla?

Como puedes suponer, esta obra también da buena cuenta de mi propia evolución personal (si te apetece, echa un vistazo al resto de mis novelas y comprenderás lo que quiero decir). Algunas personas han reaccionado con extrañeza ante este viraje vital (¿un filósofo serio metido en esto del «desarrollo personal» y el «misticismo»? ¿Te has vuelto loco? ¡¿Has sustituido a Faulkner por Paulo Coelho?!), pero a ellas, a vosotras y a vosotros solo os recordaré una cosa más: lo único constante es el cambio. Nuestra vida se va haciendo a sí misma; tan solo tenemos que estar atentos y seguirle el ritmo. ¿Qué pasará luego?

¿Qué nuevas aventuras se nos presentarán? ¿Dónde nos llevará el caballo de viento? *¿Qué seremos después?* Nadie lo sabe. Olvidaos, por tanto, de las etiquetas y no os toméis a vosotros mismos ni a vosotras mismas demasiado en serio. A fin de cuentas, no tenemos ni la más remota idea de qué hacemos aquí y tan solo podemos jugar a adivinarlo.

Juguemos.